Lena Wiebringhaus
Die Geprägten
Der Kampf des Willens

Lena Wiebringhaus

DIE GEPRÄGTEN
DER KAMPF DES WILLENS

Bibliografische Information der Deutschen Nationalbibliothek:
Die Deutsche Nationalbibliothek verzeichnet diese Publikation
in der Deutschen Nationalbibliografie; detaillierte bibliografische
Daten sind im Internet über dnb.dnb.de abrufbar.

ISBN: 9783744830850

Für meine Omas, die immer eine offene Tür und
ein offenes Herz für mich haben.

Lasset uns nicht lieben mit Worten, sondern
mit der Tat und mit der Wahrheit.
(1. Johannes 3, 18)

PROLOG

Ich sitze ganz ruhig da. Vor Müdigkeit und Erschöpfung tut mir jeder Muskel im Körper weh. Es blieb mir nichts anderes übrig, als den Körper zu verlassen. Es war zwar nicht meiner, doch ich hatte ihn zu meinem gemacht. Wahrscheinlich sogar etwas zu viel, denn ansonsten wäre nicht aufgefallen, dass er sich zu sehr verändert hatte. Ich sehe noch immer vor meinem geistigen Auge, wie sich alle von mir abgewandt haben. Meine Zeit war vorbei. Ich konnte diesem Jungen nicht noch weitere Zeit seines Lebens stehlen. Es war jetzt schon zu auffällig. Sie haben ihn in eine Anstalt geschickt, dachten er wäre verrückt gewesen. Wenn ich in seinem Körper bin, kann er sich an nichts mehr erinnern. Sein Verstand pausiert für einen Moment. Es tat mir weh, ihn so hilflos zu sehen, doch ich kann nicht anders. Wenn ich weiter überleben will, muss ich mir einen Körper suchen. Ich habe mir mein Schicksal und meine Prägung nicht ausgesucht.

Schnell war klar, dass ich die Stadt verlassen musste. Doch allzu weit weg durfte der neue Zielort auch nicht sein. Dorwich schien dafür perfekt zu sein. Eine kleine

Stadt, die so groß war, dass niemand mehr Dorf sagte. Es gab dort alles, was man an Infrastruktur zum Leben braucht. Eine Schule, schöne Wälder und genügend Einkaufsmöglichkeiten. Es war dort nicht sehr hügelig, sodass eine Bewegung mit dem Fahrrad möglich war. Ich mochte das Fahrradfahren. Ein großer Nachteil an Dorwich war allerdings, dass sich jeder hier zu kennen schien. Ich muss meinen neuen Körper also gründlich beobachten, um in ihm nicht aufzufallen.

Jeden Tag geht er in das Jugendheim, um Jugendlichen durch ihre Pubertät zu helfen. Er verlangt dafür nicht einmal viel Geld. Das bedeutet also für mich, dass ich sparsam sein muss. Vielleicht kann ich auch irgendwie meinen Vorteil aus der Sache ziehen. Dieses Mal muss ich mit aller Kraft dafür sorgen, dass ich mich gut in die Gesellschaft einbinde.

Der neue Körper würde angenehmer sein, als der alte. Er hatte eine mittlere Größe, blonde Haare und sah mir etwas ähnlich. Auch wenn er mehr Bauch hatte und das Gesicht etwas runder war als meins. Der Vorteil an so einer Ähnlichkeit ist, dass ich langsam immer mehr vom Körper übernehmen kann. Die körperliche Verwandlung, wenn sein Körper mir immer ähnlicher wird, würde nicht so groß sein.

Ich kannte all seine Rituale. Ich wusste, er würde gleich, nachdem der letzte Jugendliche gegangen war, einen Spaziergang um den Block machen und danach mit dem Aufräumen und Fegen anfangen. Er hatte jeden Tag den gleichen Rhythmus, den ich mir angewöhnen musste. Kurze Zeit darauf, kam er aus dem Jugendzentrum. Ich stehe unter ächzen auf. Mein Körper war schwach und in der abendlichen Sonne ließ mir der Schweiß von der Stirn.

„Entschuldigung?", rief ich ihm mit meiner letzten Kraft zu und stützte mich auf meine Knie. Zu meiner Freude, drehte er sich nach dem ersten Mal rufen um.

„Ja? Ohje, geht es dir gut?", fragte er fürsorglich. Nichts anderes hatte ich erwartet.

Er sah, dass wir in einem Alter waren. Wir hätten sicherlich Freunde werden können unter anderen Umständen.

„Ich muss mich nur kurz hinsetzen.", stöhnte ich.

„Ich helfe dir.", sagte er und stütze mich am Arm. Das war genau der Moment auf den ich gewartet hatte.

„Es tut mir Leid, aber es geht nicht anders.", sagte ich, bevor ich mit dem Ritual begann.

„Wieso entschuldigst du dich?", fragte er mit aufgerissenen Augen. Ich schloss die Augen und rief mir den Spruch in den Sinn. Ich wiederholte ihn immer und immer wieder. Die Stelle, an der er mich berührte wurde immer kälter. Mein entkräfteter Körper verschmolz mit seinem. Ich blickte ihm fest in die Augen. Das letzte was ich sah, bevor wir miteinander verschmolzen, war die Angst in seinen Augen, Kurze Zeit später entstand ein dunkler Schatten zwischen uns, der sich immer weiter ausbreitete. Dann war es geschehen. Ich sah die Welt durch seine Augen. Mein Leben war gerettet.

Zurück nach Dorwich

Lia und ihre beste Freundin Leslie sahen sich lange in die Augen, nur um sich danach schluchzend in die Arme zu fallen. „Bist du sicher, dass du nicht mit mir umziehen möchtest?", fragte Leslie zum letzten Mal bettelnd. Doch Lia blieb standhaft. „Leslie...", sagte sie seufzend. „Das hatten wir doch schon."

„Ich weiß, ich weiß", erwiderte Leslie lächelnd. „Ich werde dich nur so vermissen."

„Wir bleiben in Kontakt und besuchen uns so oft es geht", versprach Lia.

Leslie grinste sie ein letztes Mal breit an, ehe Lia in ihr kleines, altes, nicht mehr ganz so rotes Auto stieg. Sie hatte es vor ein paar Jahren von einer alten Dame günstig abgekauft und seit dem war es ihr treuer Begleiter. An einigen Stellen bröselte der Lack ab und Rost war zu erkennen, doch es war Lias ganzer Stolz. Sie hatte lange für dieses Auto gearbeitet und liebte jede Eigenart an ihm. Lia blickt aus dem Fenster, um zunächst mit einem Winken und dann mit einem Hupen sich von ihrer Freundin zu verabschieden. Sie wird schon zurecht kommen, redete sie sich ein. Schließlich ist es ganz normal, dass sich nach der Highschool manche Wege trennen.

Die Einen reisen für eine Zeit in ein fernes Land, um die Welt zu sehen und sich selber zu erfahren, Andere wissen noch nicht was sie später mal beruflich machen wollen und machen ein Jahr lang irgendetwas Soziales. Hauptsache nicht tatenlos rumsitzen. Leslie zieht nach Vaughning, um zu studieren und Lia fährt zurück zu ihrer Familie nach Dorwich. Jeder hatte seine Vorstellungen. Sie wusste noch nicht, was sie später einmal arbeiten wollte und hoffte, es durch einen Aufenthalt bei ihren Eltern herauszufinden. Früh zog Lia bei ihnen aus und mit Leslie zusammen, um den Abschluss auf der Greenbaker Highschool zu machen. Die Greenbaker lag nur eine Stunde Autofahrt entfernt, doch ihr kam die Distanz unendlich weit vor. Die Erinnerung daran, wieder in dem alten Haus bei ihrer Familie zu wohnen, machte ihr ein mulmiges Gefühl im Bauch.

Als Lia das Ortseingangsschild von Dorwich erreichte, vergrößerte es sich sogar noch. Die Schrift auf dem Schild war vom Wetter genauso mitgenommen, wie der Lack ihres Autos. Sie schien sich in die Umgebung perfekt einzupassen. Lia spürte die Vertrautheit der Umgebung, und doch schien alles fremd und neu zu sein. Unwillkürlich sprudelten Erinnerungen in ihr hoch, als sie eine lange Allee entlangfuhr. An der Ecke stand ein alter Stromkasten, auf dem sie oft mit einigen Freunden gesessen hatte. Von dort aus hatte man den besten Überblick über das Geschehen. Denn jeder, der in Dorwich hinein oder herausfahren wollte, musste an ihnen vorbei. Einmal hatte Theo Zigaretten mitgebracht. Er hatte sie ganz stolz seinem größeren Bruder geklaut, als der beim Duschen war. Er wusste, dass er später dafür Ärger bekommen würde, aber der Nervenkitzel war zu groß gewesen. Er präsentierte die fast leere Schachtel in der Runde, woraufhin alle anfingen, sich nervös umzusehen. Denn schließlich waren sie noch zu jung zum Rauchen und die Nachbarn alle sehr aufmerksam. Nach ein paar hitzigen Diskussionen wie man nun eine Zigarette anzündet, endete die Geschichte damit, dass Rick sich eine Brandblase zuzog und die Zigarette völlig zerknickt war. Er hatte furchtbare Schmerzen und sie beichteten die ganze Geschichte Theos Eltern.

Lia lächelte über ihre kindische Naivität. Was ihre damaligen besten Freunde wohl inzwischen so machen? Seit über drei Jahren hatte sie keinen von ihnen mehr gesehen oder gesprochen. Ihr damaliger Freundeskreis bestand aus Theo, Rick und Mirijam. Mirijam war ihre beste Freundin, bevor sie Leslie kennen lernte. Jeden Mittwoch nach der Schule sind sie zu ihr gegangen und haben die Kleider ihrer Mutter anprobiert. Lia und Mirijam wollten so früh wie möglich üben, erwachsen zu sein. Sie haben sich all ihre Geheimnisse anvertraut.

Zum Beispiel, dass Mirijam seit längerer Zeit unglaublich in Rick verliebt war. Lia erinnere sich, als sei es erst ein paar Minuten her. Sie wollte bei Mirijam übernachten und eine richtige Pyjamaparty machen, wie im Film. Eigentlich waren sie dafür schon zu alt, doch sie hatten in den Schule eine Liste aufstellen müssen, was sie in ihrem Leben alles noch vor hatten. So machten sie sich einen unglaublichen Spaß aus der Liste. Sie kauften Marshmallows, liehen

sich Filme aus und ignorierten die Jungs, die sich über die Mädchen lustig machten.

Mirijam schwärmt von Ricks Muskeln. „Und hast du gesehen, wie er sich immer seine Tasche über die Schulter wirft? Als ob die Bücher darin nichts wiegen würden“, plapperte Mirijam kichernd vor sich hin. Doch der Abend kam anders, als geplant. Als Lia mit ihrer vollgestopften, dunkelblauen Tasche mit bunten Sternen vor Mirijams Tür stand und die nur allzu bekannte Klingel drückte, öffnete ihre Mutter mit verheulten Augen die Tür.

„Amalia, du bist es“, schniefte sie ihr entgegen.
„Ist etwas passiert?“, fragte Lia mit weit aufgerissenen Augen.
„Nein, nein“, wurde ihr entgegnet, während sie versuchte eine tapfere Miene aufzusetzen. „Komm nur rein. Mirijam ist oben.“
Mit scheuem Lächeln und zum Boden gesenkten Kopf schlich Lia sich vorbei. Jedoch nicht, ohne sich vorher die Schuhe auszuziehen. Mirijam saß, wie nicht anders zu erwarten, an ihrem Schreibtisch und las eine Zeitschrift. Als sie Lia hörte, drehte sie sich um und strahlte.

„Da bist du ja!“, jubelte sie Lia entgegen. „Das wird eine hammer Party heute“, rief sie selbstsicher aus und tanzte auf Lia zu. Dabei schwang sie so sehr ihre Hüften, als wäre sie eine Bauchtänzerin und die Musik spielte nur für sie. Lia schloss die Tür, damit sie nur für sich waren. Das Aussehen ihrer Mutter beschäftige sie noch immer. Doch Mirijam hatte so gute Laune, dass sie ihr nichts davon erzählte. Mirijam merkte, dass ihre beste Freundin mit den Gedanken woanders war.

„Hey, mach’ dich mal locker!“, sagte sie und schaltete die Musik ein. Shakira drang ihnen aus dem Radio entgegen und Mirijam wiederholte ihre Tanzeinlage.

Nur langsam schwappte ihre Laune auf Lia über. Sie lies ihre Tasche und Jacke fallen und wollte sich gerade auf das Bett setzen lassen, doch Mirijam hielt sie auf.

„So nicht, meine Liebe. Erst einmal musst du jetzt auch gute Laune bekommen.“ Sie zog Lia an der Hand in ihr Ankleidezimmer. Mirijam hatte das Glück, dass sie zwei Zimmer besaß. Eins in dem sie schlief und arbeitete. Das andere teilte sie sich mit ihrer Mutter und diente als Ankleidezimmer. So nutzten sie oft die Zeit, wenn ihre Eltern nicht im Haus waren, um schicke Sachen ihrer Mutter anzuziehen.

„Wir werden uns jetzt richtig schick machen“, sagte sie trällernd, als ob sie etwas zu feiern hätten.

„Aber deine Mutter-“, fing Lia an, wurde jedoch mitten im Satz unterbrochen.

„Die wird heute nicht hochkommen. Ich habe mit ihr gesprochen“, erwiderte sie mit einem Zwinkern.

Lia musste lächeln. Mirijam kannte sie nur zu gut. Lias Eltern mochten es nicht gerne, wenn sie sich zu schick oder aufreizend anzog. Nicht, dass sie es sich nicht hätte erlauben können. Sie fanden nur, dass innere Werte wichtiger sind als, aufreizende Kleider. Und wenn man sich schon schicker anzog, dann mit Stil. Sie öffnete die große Schranktür und griff nach dem kürzesten und engsten schwarzen Kleid, dass sie finden konnte. Sie liebte schwarze Kleider. Zusammen mit ihren kurzen schwarzen Haaren wirkte sie elegant. Sie drehte sich zu Mirijam um und musterte ihr bodenlanges hautfarbenes Kleid. Wo hatte sie nur immer diese Kleider her? Es schien wie für sie gemacht zu sein. Es hatte einen tiefen Rückenausschnitt und schmiegte sich so sehr an ihre Haut, als hätte sie noch nie etwas anderen getragen. Sie stellten sich zusammen vor den großen Spiegel und versuchten möglichst verführerisch auszusehen. Mirijam fuhr sich mit der Zunge über die Lippen und Lia bekam einen Lachanfall.

„Komm', wir gehen uns noch schminken.", rief sie ihr schon auf dem Sprung entgegen. Mirijam war meist diejenige von ihnen, die den Ton angab. Nie konnte sie ruhig sitzen.

Lia folgte ihr schon mit deutlich besserer Laune. Doch im Bad angekommen, änderte diese sich schlagartig. Mirijam stand wie versteinert in der Tür. Lia blickte an ihr vorbei. Im Badezimmer auf dem vergilbten Badewannenrand saß ihre Mutter. Die noch röteren Augen deuteten darauf hin, dass sie noch mehr geweint hatte.

„Mum, was ist passiert?", fragte Mirijam und stürzte

ins Bad. Sie kniete sich hin und nahm die Hände ihrer Mutter in die ihren.

„Mirijam, mein Liebling, dein Dad hat uns verlassen." Lia sah, wie in Mirijams Gesicht eine Welt zusammenbrach. Ganz langsam erlosch ihr Lächeln und wurde durch Tränen abgelöst.

„Aber...das kann nicht sein.", schluchzte sie erschüttert. Lia sah die Angst, Trauer und gleichzeitig Verwirrung in ihren Augen. Als Antwort weinte ihre Mutter noch mehr. Lia fühlte sich fehl am Platz. Sie hatte hier nichts zu suchen. Gerade als sie mich umdrehen wollte um zu gehen, stand Mirijam plötzlich auf. Entschlossenheit zeichnete sich auf ihrem Gesicht.

„Nein! Ich hole ihn. Wir sind eine Familie!", schrie sie und rannte an Lia vorbei, das lange Kleid hinterherflatternd.

„Mirijam..", doch sie hörte Lia nicht.

Lia rannte hinter ihrer besten Freundin her.

„DAD!", schrie sie in die Nacht hinein. „Wo bist du? Komm zurück!" Es brach Lia das Herz, sie so zu sehen. Wie eine Schönheit stand sie alleine auf der dunklen Straße, lief diese entlang und rief ihn. Doch niemand in der Dunkelheit antwortete ihr. Sie war wütend und verletzt. Nach ein paar Minuten rufen sank sie auf dem Boden zusammen und weinte. Lia konnte sich nicht vorstellen, wie sie sich fühlen würde, wenn ihr Vater die Familie verlassen würde. Sie waren immer eine undurchdringliche Einheit gewesen. Lia ging zu ihr. Doch noch bevor sie bei ihr war, merkte sie wie jemand sie überholte. Es war Rick. Erstaunt drehte sie sich um und sah Theo wie versteinert ein paar Meter hinter ihr.

Rick nahm seine heißgeliebte Lederjacke und legte sie Mirijam über die Schulter. Er setzte sich zu ihr und nahm sie in den Arm. Lia wusste nicht wie lange sie dort so standen, doch nach einer Weile erhoben sich beide und gingen ins Haus.

„Was machen wir jetzt?", fragte Lia Theo noch immer in dem knappen Kleid. Ihre Stimme hörte sich beschlagen an und sie erschreckte sich, als sie merkte wie laut sie war. Sie wollte gerne für Mirijam da sein, wusste jedoch auch nicht, was sie tun oder sagen konnte. So entschlossen sich Theo und sie, nach Hause zu gehen. Der Abend hatte alle mitgenommen.

Lia schauderte bei dem Gedanken an die Situation damals. Ab diesem Tag waren Mirijam und Rick ein Paar. Seit dem war sie ein anderer Mensch. Ihre Leichtigkeit schien mit ihrem Vater gegangen zu sein. Sie war weniger aufgedreht und saß oft minutenlang schweigend neben den Anderen und schien mit den Gedanken ganz woanders zu sein. Alle konnten sich nur ausmalen, wie sich Mirijams Leben nun verändert hatte.

Lia bog in die Lavender Road, in der ihre Familie wohnte, ein. Als ob es ein ganz normaler Tag sei und nicht der Tag, an dem sie wieder nach Hause zog. Sie parkte ihr Auto hinter dem großen Neuwagen ihres Vaters. Sie stieg aus und schlug die Tür mit einem lauten Scheppern zu. Lia nahm sich einen Moment, um das Haus von Außen auf sich wirken zu lassen. Die Hausnummer "Fünf" prangte an der rechten Seite neben der Tür. Sie konnte die einzelnen Schichten schwarzer Farbe erkennen, mit der sie jährlich nachgemalt wurde. Von vorne saß es recht klein aus, doch das täuschte. In den Jahren hatten sie immer weiter nach hinten angebaut.

„Mit jedem Kind kommt ein Zimmer dazu oder was?", lachte ihr Onkel Frank, immer wenn er sie besuchen kam. Umrandet war das Haus von Rasen, welcher wiederrum von großen Tannen eingefasst wurde. Es schien von den Nachbarn abgegrenzt zu sein.

Sie atmete den Geruch der Tannen tief ein und stieg die vier Stufen der halbrunden Treppe zu ihrem Haus empor. Das Familiennamensschild mit der Aufschrift Hier wohnen die Browns schien wie immer an der richtigen Stelle zu hängen. Sie hatte schon die Hand zur Klingel gehoben, als sie es sich anders überlegte. Denn ab dem heutigen Tag würde sie wieder hier wohnen. Lia kramte in ihrer schwarzen Handtasche, die leider viel zu groß war, nach dem Schlüssel. Dafür brauchte sie so lange, dass die Nachbarin gegenüber die Tür öffnete, um zu schauen, ob sie ein Einbrecher sei.

Lia drehte sich mit angewinkeltem Bein um. „Hallo Mrs. Garris", grüßte sie die alte Dame.

„Ist das etwa die kleine Amalia Brown?", fragte sie erstaunt.

„Ja, das ist sie", entgegnete Lia merkwürdig berührt, ihren vollständigen Namen zu hören.

„Oh wie schön, dass du auch wieder da bist. Kommst

du heute rüber zum Tee bevor du wieder gehst?", fragte sie hoffnungsvoll. Mrs. Garris war die typische, nette, alte Dame von nebenan. Sie trug dunkle Halbschuhe mit einem Absatz der so klein war, dass er seiner Aufgabe kaum gerecht wurde. Dazu eine helle Hose, die mit Bügelfalte gerade herunter fiel und eine Bluse mit undefiniertem Muster. Darüber, nicht ganz passend, krönte eine Schürze die Gesamterscheinung. Ihr Haar wollte grau werden, doch eine goldene Färbung verbot es ihm. Ihre blauen Augen schienen immer zu funkeln und ihre Grübchen kamen vom Dauerhaften lächeln.

Als Lia noch kleiner war, ging sie oft zu ihr herüber zum Spielen. Sie war wie eine Oma für Lia, nachdem sie ihre leiblichen Großeltern leider nie kennengelernt hatte. Ihre Mutter Elisabeth und ihre Großmutter Sharon hatten kein gutes Verhältnis zueinander. Soweit Lia wusste, ging es bei deren Meinungsverschiedenheiten um das Benehmen in der Gesellschaft. Sharon wollte, dass ihre Tochter sich mehr in gemeinnützigen Gruppen engagierte oder in die Politik ging. Doch Lias Mutter war mit dem Leben als Hausfrau zufrieden.

„Ich bleibe sogar für länger", rief Lia erfreut die Straße hinüber. „Ich komme einfach herüber wenn es passt." Mrs. Garris lächelte noch mehr und freute sich schon auf ihren Besuch. Lia freute sich zugegeben auch. Noch bevor sie die Tür öffnete, breitete sich ein Schwall Wärme in ihr aus. Sie war zu Hause.

Um das Schloss zu öffnen, steckt man zunächst den Schlüssel hinein, dreht nach links, steckt ihn etwas fester hinein und dreht nach rechts hin auf. Sie kannte die Eigenarten dieses Hauses so gut, als hätte sie noch nie etwas anderes gemacht wie diese zu studieren. Als kleines Kind war sie ganz begierig darauf, alles besondere an diesem Haus zu entdecken und löcherte ihre Eltern mit Fragen, ob ihnen etwas Ungewöhnliches einfiel. Sie war dann immer ganz enttäuscht, wenn sich eine Tür öffnete ohne zu quietschen oder der Efeu nicht am Geländer entlangrankte. Heute würde sie diese Eigenarten einfach als Produkt der Zeit beschreiben. Aber damals lebte Lia in ihrer eigenen Welt.

Als sie den Eingangsbereich betrat, fiel ein Strahl voll Sonnenlicht auf den ausgeblichenen Teppich. Sie schloss die Tür und bemerkte direkt die Wärme, die sie umgab. Der Eingangsbereich war ein quadratischer Raum. Rechts befand sich eine Garderobe und links führte eine breite massive Treppe aus dunklem Holz in die höheren Stockwerke. Es war gemütlich, ohne zu dunkel zu sein. An der Garderobe hingen viele Jacken in bunten Farben. Anhand der vielen Paar Schuhe war sie sich sicher, dass alle schon auf sie warteten. Es war ein schönes Gefühl zu wissen, dass sie nach all den Jahren noch immer einen Platz in der Familie hatte.

Sie stellte ihre Sachen an der Treppe ab und lief geradewegs durch den Eingangsbereich ins Wohnzimmer. Sie lehnte sich an den Türrahmen breiten weißen Türrahmen. Rechts um die Ecke befand sich die offene Küche. Die große Fensterfront mit angrenzendem Wintergarten durchleuchtete den Raum. Lia hörte Geräusche, die darauf hindeuteten, dass ihre Mutter wohl gerade Essen machen musste. Lia machte sie nicht auf sich aufmerksam, sondern genoss für einen Moment das Gefühl des Ankommens.

Sie hörte die Stimme ihrer Mutter: „Schatz, könntest du dich bitte ein bisschen beeilen mit dem Schneiden der Möhren?“ Sie klang gestresst. Immer wenn Lia vorbei kommt, macht sie einen riesen Aufwand. Wobei das wöchentliche Kochen mit der Familie zu Lias Freude anscheinend geblieben ist. Ihre Mutter liebte das Kochen. Damals hat sie Lia oft erzählt, wie fasziniert sie von den vielen verschiedenen Geschmäckern war. Sie experimentierte gerne mit einer Zutat herum und versuchte möglichst viele verschiedene Geschmacksrichtungen zu erreichen. So konnte Lia nun behaupten, dass sie jede Version an Möhren, Tofu und Reis kannte.

Als sie noch zu Hause wohnte, war es das Schlimmste für sie, ihrer Mutter beim kochen zu helfen. Sie hatte ständig besseres zu tun und war genervt von ihren Geschwistern. Schließlich ist es mit den Zwillingen nicht immer leicht. Josefine und Jonah waren jetzt 15 Jahre alt. Das Gröbste in der Pubertät müsste also geschafft sein. „Was machen die Möhren?“, hörte sie ihre Mutter erneut fragen.

„Entspann’ dich Schatz. Es wird noch dauern bis Lia hier ist.“ Das war die Stimme Vaters. Sie war sehr tief. Er sprach so beruhigend und sanft auf ihre Mutter ein, dass sie sich genau vorstellen konnte, wie sie erleichtert lächelte. Er war der Einzige, der dieses Talent in der Familie hatte.

„Warte, ich helfe dir, Jonah." Das war Josefine. Ihre Stimme war das komplette Gegenteil von der ihres Vaters. Sie war klar, frisch und aufgeweckt.

Langsam ging Lia ohne ein Wort um die Ecke und beobachtete die Szenerie. Sie war genauso wie sie sie sich vorgestellt hatte. Ihr Dad saß in seinem alten Sessel, hatte die Beine übereinander geschlagen, die Brille an der Nasenspitze und las ein Buch. Ihre schwarzen Haare hatte sie von ihm, wobei seine inzwischen sich für ein helles grau entschieden hatten. Den Pulli, den er trug, hatte er schon seit Jahren.

„Hauptsache bequem und funktioniert.", war schon immer sein Motto. Als Handwerker machte er sich nicht viel aus hübscher Kleidung. Nur das passende Holz spielte für ihn eine Rolle. Er arbeitete neuerdings bei einem Uhrmacher.

„Du glaubst gar nicht wie abwechslungsreich die Arbeit ist, Lia", sagte er eines Tages glücklich zu ihr am Telefon. „Es kommen lauter Kunden, die Sonderanfertigungen wollen. Meist aus speziellem Holz oder mit merkwürdigen Verzierungen." Lia freute sich, dass ihr Dad so sehr in der neuen Arbeit aufgehen konnte.

Sie und ihre Geschwister hatten allesamt rabenschwarze Haare. Die Mädchen hatten dabei viel Ähnlichkeit mit ihrer Mutter vom Gesicht her. Sie selbst hatte blonde schulterlange Haare und war unglaublich hübsch. Sie war mittelgroß, schlank und bewegte sich mit einer Anmut, die man deutlich auch bei Josefine erkennen konnte. Ihre Haut war klar, die Nase nicht zu schmal und die Lippen perfekt. Doch das wirklich beeindruckende waren ihre Augen. Sie hatten ein sehr helles blau. Manchmal wenn sie sich sehr aufgeregt hatte oder traurig war, bekam Lia den Eindruck, dass sich ihre Augen kräftiger blau färbten. Doch sie hatte es noch nie jemandem erzählt.

Jonah und Josefine saßen mit dem Rücken zu ihr am Tresen an der Küche und schnibbelten, was das Zeug hielt. Josefine trug heute ihr Haar lang und geflochten. Sie war schmal gebaut und schlank. Mit ihren blauen Augen und der hellen Haut sah sie atemberaubend aus. Jeder Junge würde sich glücklich schätzen, mit ihr zusammen zu sein, doch sie konzentrierte sich nur auf ihre Bücher. Josefine war sich ihrer Ausstrahlung und Wirkung auf Andere nicht bewusst.

Jonah versuchte bei allem was er tat möglichst lässig zu wirken. Nach außen wirkte er oft teilnahmslos und unscheinbar. Lia wusste, dass er in Wirklichkeit das komplette Gegenteil war. Er war ebenso, wie Josefine, sehr klug und nachdenklich. Er war sich durchaus über seine Ausstrahlung bewusst. Aus dem Grund lächelt er selten. Denn wenn er sein Grinsen mit den strahlend weißen Zähnen zeigt, zusammen mit den ebenfalls blauen Augen und dem modischem Kurzhaarschnitt, bekam er alles was er wollte. Keiner konnte seinem Charme widerstehen. Selbst ihre sonst strenge Mutter konnte ihrem Kleinen nichts abschlagen.

Ihre Mutter murmelte vor sich hin, während sie hastig in den Töpfen rührte. „Wo bleiben denn die verdammten-", fing sie an mit zusammengezogenen Augenbrauen in Richtung der Zwillings zu sagen, als sie Lia bemerkte. Ein kurzer Aufschrei der überraschenden Freude entfuhr ihr und alle Köpfe zuckten hoch.

„Amalia", keuchte ihre Mutter und kam eilig aus der Küche hervor. „Seit wann bist du denn schon da? Wie war die Fahrt? Bist du gut durchgekommen? Hast du Hunger?", plapperte sie sofort drauf los während sie Lia umarmte. Mit einem Lachen antwortete sie: „Alles gut, Mum. Mir geht es gut." Woraufhin sie sie noch einmal umarmte.

„Du musst dringend was essen. Du siehst so dünn aus. Und die Fahrt war bestimmt auch anstrengend. Es gibt dein Lieblingsgericht", fuhr sie fort, während sie sich wieder auf den Weg in die Küche machte. „Sie ist wirklich eine typische Mutter, die sich um alles immer kümmert." Schoss es Lia durch den Kopf.

„Sie sieht so dünn aus, weil sie komplett schwarz trägt", erwiderte Josefine und fiel ihr um den Hals. „Endlich bist du da. Ich freue mich so", strahlte sie Lia entgegen und sie bemerkte kleine Tränen in ihren Augen. Die Begrüßung mit ihrem Bruder fiel etwas anders aus. Er war der Einzige der nicht aufgesprungen war. Er hatte sich auf seinem Stuhl umgedreht und zugenickt. Sie schauten sich einige Sekunden an und zwinkerten sich zu, wobei beide grinsen mussten. Sie verstanden sich auch ohne viele Worte. An seinem Lächeln merkte sie, dass er sich wirklich freute sie zu sehen. Ihr Dad war der letzte in der Reihe und diesmal war sie diejenige, die ihm in die Arme sprang. Sofort fühlte sie sich in seinen Armen wieder wie ein kleines Mädchen, das bei ihm auf dem Schoß saß, während er ihr Geschichten vorlas.

Als sie alle im Wintergarten am großen Tisch saßen, fühlte sie sich schon fast, als wäre sie nie fort gewesen.

„Und Lia, jetzt erzähl doch mal endlich. Wie genau kommt es, dass du zu uns kommst? Und für wie lange?", nutzte ihre Mutter den Moment, in dem alle den Mund voll hatten. „Ich weiß noch nicht, wie lange ich bleibe. So lange bis ich eine Idee habe, was ich später einmal beruflich machen könnte", erklärte sie.

„Hast du denn noch gar keine Ahnung?", fragte Josefine sie verdutzt. Lia zog die Schultern hoch. Josefine klappte der Mund auf. „Also ich möchte später mal Forscherin oder Wissenschaftlerin werden." Mum und Dad sahen Josefine stolz an und strahlten um die Wette.

„So?", sagte Lia ungläubig. „Und welchen Bereich willst du erforschen?"

„Irgendwas mit Menschen und Technik. Eigentlich ist Technik da, um dem Menschen zu helfen, doch sie schränkt uns auch ein", stieg sie direkt ins Thema ein.

„Das stimmt allerdings. Dabei kommt es aber auch immer auch den Bereich der Technik an und ihren Zweck-", grübelte Dad direkt mit.

„Könnt ihr zwei das nicht am Besten morgen bei einer Tasse Tee besprechen oder so? Lia ist doch heute extra da“, unterbrach Mum die Diskussion.

„Es ist alles gut. Leute, ich möchte hier wieder ein bisschen zu mir finden. Und auch so schön ich es finde, wie ihr euch alle so um mich kümmert, bitte ich euch, verhaltet euch einfach ganz normal. Das macht mich am Glücklichsten“, beendete Lia hoffentlich nun die Überfürsorglichkeit ihrer Mutter.

Und das machte sie auch tatsächlich. Die restliche Zeit während des Essens redeten sie über die neuen Sträucher, die ihre Mutter im Garten gepflanzt hatte und über die unmögliche Frisur von Josefines bester Freundin. Es wurde gelacht und gescherzt, sodass sie noch lange in den Abend hinein dort saßen.

Nächtlicher Ausflug

Als Lia dann später zu Bett gehen wollte, läuft ihr ihre Mutter über den Weg.

„Hast du eigentlich mal wieder was von Mirijam, Rick und Theo gehört?“, fragte sie völlig aus dem Nichts. Lia drehte sich überrumpelt auf dem Treppenansatz um.

„Hm, nein. Weißt du etwas?“, fragte sie zurück.

„Mirijam und Rick sind weggezogen glaube ich. Wollen irgendetwas zusammen studieren mit Tieren glaube ich. Theo arbeitet im Jugendzentrum, wo Jonah auch manchmal hingeht. Doch aus dem bekommt man ja keine Informationen heraus. Vielleicht kannst du ja mal mit ihm reden?“, schlug ihre Mutter vor.

„Mal schauen. Gute Nacht“, entgegnete Lia und schenkte ihr ein letztes Lächeln. Sie schleppte ihre schwere Tasche die Stufen hoch. Ihr Zimmer war nach dem Elternschlafzimmer das Erste. Die Zimmer von den Zwillingen lagen weiter hinten am Gang sich gegenüber. Sie öffnete die Tür und wurde sogleich von den gewohnten Gerüchen und Geräuschen in Empfang genommen.

Lia schaltete das Licht an. Da war es. Ihr altes Zimmer. Alles in ihm spiegelte sie wieder, jedoch wie sie vor ein paar Jahren war. Es war so unglaublich vertraut und passend, dass es jedoch kaum noch zu ihr passte. Es war nicht sonderlich groß. Ein breites Bett, ein länglicher Schreibtisch und ein Kleiderschrank. Die Wände waren in hellem grau gestrichen und ein Brombeerfarbton zog sich in Vorhängen, Teppich und Bettwäsche durch den Raum. Sie wusste, dass sie aus dem Fenster in den alten Garten hätte blicken können, doch es war zu dunkel. Lia schloss die Vorhänge.

An den Wänden hangen Regalbretter mit leicht verstaubten Büchern sowie eine Kollage mit Fotos. Sie trat näher und freute sich als ihre Freunde ihr entgegen lachten. Ein Teil von ihr wünschte wieder genau in der Zeit zu sein, als dieses Bild entstand. An das Telefon zu gehen und Mirijam anzurufen. Doch der älter gewordene Teil war froh, es nicht zu sein. Ohne den Umzug hätte sie niemals Leslie kennen gelernt, sich nicht weiter entwickelt.

Sie lies sich auf ihr Bett fallen und starrte an die Decke. Seit dem ihre Mutter es angesprochen hatte, schwirrte ihr der eine Gedanke im Kopf. Was war aus den Anderen geworden? Sie dachte an Theo. In ihrer Erinnerung hatte er gut ausgesehen, machte sich jedoch auch nie etwas aus sich. Damals hatte Lia sowieso noch kein wirkliches Interesse an Jungs. Vielleicht hätte Theo eine andere Frisur oder Kleidung geholfen. Er war immer eher jemand gewesen, der auf der Suche nach Anerkennung gewesen war. Sein älterer Bruder stand meist sehr im Fokus. Soweit sie sich erinnerte, hatte sein Bruder auch mit Alkohol und Drogen ein Problem. Deswegen wurde Theo oft vernachlässigt. Vielleicht arbeitete er deshalb im Jugendzentrum. Vielleicht wollte er anderen helfen, damit es denen besser geht als ihm. Das würde zu Theo passen. Er war schon immer einfach nett.

Während sie darüber nachdachte, was sie morgen alles unternehmen könnte, hörte sie, wie ihre Eltern zu Bett gingen. Auf jeden Fall sollte sie zu Mrs. Garris gehen. Sie freute sich auf einen Plausch mit ihr. Womöglich ist es auch eine gute Idee, die alten, ihr so lieben Orte mal wieder aufzusuchen. Wie vielleicht die Schule, die Bibliothek oder einfach in den Park gehen. Sie freute sich auf ihre Tour morgen.

Lia drehte sich zur Seite und ihr Blick fiel auf den Nachttisch. Damals hatte sie in der oberen Schublade ihr Tagebuch aufbewahrt. Sie öffnete sie und fand das Tagebuch abgeschlossen dort wo sie es hinterlassen hatte. Fast hatte sie schon damit gerechnet, dass Josefine es geknackt hat vor lauter Neugier, doch sie lag falsch. Mühselig stand Lia auf und holte den Schlüssel aus seinem Versteck unter dem Bett. Dort war ein kleiner Nagel, an dem sie den Schlüssel an einem Band dranhängen konnte. Sie schloss das Tagebuch auf und ihr schossen die Tränen in die Augen als sie den letzten Beitrag aufschlug.

10.03.2011

Liebes Tagebuch,

ich werde langsam verrück in dieser Familie. Die Zwillinge sind den ganzen Tag nur am streiten. Ich weiß, ich wollte schon immer Geschwister haben, aber mussten es gleich zwei sein? Sie streiten wegen allem. Wer das größere Zimmer hat zum Beispiel. Beide Zimmer sind genau gleich groß, aber das glauben sie uns ja nicht. Und wenn ich helfen will, sagen sie immer, ich habe angefangen und dann bekomme ich Ärger. Das nervt echt unheimlich. Ich bin richtig froh, dass ich in ein paar Wochen hier ausziehe. Mama freut sich nicht so darauf. Immer wenn ich sie auf das Thema anspreche fängt sie an zu weinen. Ich glaube, sie hat Angst, dass die Familie auseinander reißt, oder sie mit den Zwillingen nicht alleine zurecht kommt. Aber irgendwann muss ich auch mal ausziehen. Hoffentlich finde ich an der neuen Schule auch schnell gute Freunde. Ich werde Mirijam vermissen. Und die anderen beiden auch. Heute haben sie gesagt, dass die eine Abschlussfeier für mich machen wollen. Oh Gott. Ich bin unglaublich gespannt ob das stimmt und was die machen. Es ist nicht mehr lange..., doch weiter kam sie nicht mit dem Lesen, denn Lia musste herzhaft gähnen. Den Rest würde sie sich später durchlesen.

Leise schlich sie über den Flur in das Badezimmer. Es war sehr leise im Haus. Ihre Eltern und ihre Geschwister schliefen sicherlich schon tief und fest. Sie freute sich, als es ihr gelang, ohne einen quietschenden Holzbalken an ihr Ziel zu gelangen. Sie kannte sich immer noch bestens aus. Sie schloss die Tür ohne ein Geräusch und sah sich im Spiegel an. Es war ein merkwürdiges Gefühl, in dem alten Haus und den vertrauten Wänden in sein eigenes Gesicht zu blicken. Schon zu oft hatte sie damals genauso dagestanden wie jetzt. Mit den Füßen tief im blauen Badvorleger versunken, mit den Händen am Waschbecken abgestützt und mit starrem Blick sich selber anstarrend. Lia wusste nicht, wie lange sie dort stand, als sie ein Knarzen hörte. Sie merkte wie sie noch leiser wurde. Sie spitzte die Ohren und hielt den Atem an. Jemand lief den Flur entlang Richtung Treppe.

Ihr Blick wanderte auf die Uhr. Es war fast Mitternacht. Wer konnte das sein? Sie bückte sich und lugte durch das Schlüsselloch. Lia zuckte zusammen als eine schwarze Gestalt vorbei huschte. Eilig sah sie sich im Badzimmer um. Falls es wirklich Einbrecher waren, musste sie doch etwas haben um sich verteidigen zu können. Sie entschied sich für einen Handspiegel.

Lia öffnete die Tür einen Spalt breit und streckte vorsichtig den Kopf hinaus. Die Person in schwarz befand sich gerade auf der Treppe und versuchte, diese so leise wie möglich herunterzugehen. Sie verlies das Badezimmer mit bedacht, sobald sie das Licht ausgeschaltet hatte. Langsam schlich Lia hinterher. Angespannt auf einen Moment wartend, in dem sie den Einbrecher überrumpeln konnte. Gerade als die Person an einem Fenster vorbei ging, konnte sie sein Gesicht sehen.

Es war Jonah. Lia hielt die Luft an. Er hatte seinen Rucksack dabei und trug Straßenkleidung. Wo wollte er so spät noch hin? Sicherlich hatten ihre Eltern es ihm verboten so spät noch draußen zu sein, sonst würde er nicht versuchen, sein Vorhaben zu verheimlichen. Gerade als er die Hand auf die Türklinke gelegt hatte, sah sich Jonah noch einmal um. Er erschrak heftig, als er Lia ein paar Stufen über sich bemerkte. In seinen Augen sah sie den Ausdruck von schlechtem Gewissen. Er stand regungslos vor der Tür. Bestimmt ging sie die Treppe herunter und schaltete das Licht im Flur an. Sie baute sich mit verschränkten Armen vor ihm auf und sah Jonah mit dem Blick an, den sie beide nur zu gut von ihrer Mutter kannten.

„Ich wollte nur etwas an die frische Luft", fing er an mit der ersten Ausrede. Lia veränderte ihre Position nicht.

„Ja und ich bin nicht in den Garten, weil ich mir etwas die Beine vertreten wollte", versuchte er seine Aussage logisch zu stützen. Sie hob den Kopf ein Stück höher und schaute ihn verwundert an. „Weil mir doch nach dem Essen so schlecht war...", fing er weiter an, doch endete mitten im Satz. Er merkte, dass es keinen Sinn hatte, ihr etwas vorzuspielen.

Jonah lies die Hand von der Türklinke hinuntergleiten und senkte den Kopf zu Boden. Ohne einen weiteren Blick zu Lia ging er langsam die Treppe hinauf.

„Jonah, was ist los?", setzte sie an, um sein Verhalten zu verstehen. Vielleicht gab es ja einen triftigen Grund warum er mitten in der Nacht das Haus verlies.

„Du weiß, du kannst es mir erzählen", redete sie weiter mit seinem Rücken. Doch er hob nur die Hand und winkte ihre Worte davon. Er hatte sich verschlossen.

Lia blieb so lange an der Haustür stehen, bis sie seine Zimmertür ins Schloss fallen hörte. Dann folgte sie Jonah die Treppe hinauf und ging in ihr Zimmer. Die Tür lies sie weit geöffnet, um mitzubekommen, falls er erneut versuchen würde sich hinauszuschleichen. Doch diese Nacht blieben alle in ihren Betten und nach kurzem Grübeln über das eben Geschehene schlief Lia auch endlich ein.

Alte Freunde

„Gib es mir sofort zurück!"

„Du bist doch verrückt. Ich weiß nicht wovon du sprichst!" Lia wurde von dem Geschrei ihrer Geschwister geweckt. Josefines Stimme überschlug sich vor Wut.

„Ich weiß genau, dass du es warst. Wer denn sonst?"

„Ich weiß nicht wovon du sprichst.", erwiderte Jonah genervt.

Seufzend dreht sich Lia auf den Rücken und starrt an die Decke. Wäre es leiser im Haus gewesen, hätte sie die Vögel von draußen hören können oder ihre Mutter in der Küche, die gerade Frühstück macht. Doch es war wie damals. Als wäre sie nicht einen Tag von zu Hause weg gewesen. Lia hatte sich verändert, war reifer geworden, jedoch schienen Jonah und Josefine noch die Gleichen zu sein. Schlaftrunken und mit dröhnendem Kopf von dem Geschrei stand Lia auf. Sie schlüpfte in ihre roten Pantoffeln mit Herzchen, die sie vor Jahren geschenkt bekommen hatte, streckte sich und stampfte aus dem Zimmer.

Jonah hatte sich im Badezimmer eingeschlossen und

schien zu duschen. Josefine stand auf dem Flur und versuchte gegen das Geräusch des Wassers anzuschreien. Als Josefine Lia sieht, unterbricht sie ihr Geschimpfe sofort und lächelt unschuldig.

„Und wie war die Nacht wieder in deinem alten Bett?", frage Josefine freundlich. „Gut. Aber was ist eigentlich hier los? Wieso schreist du so? Und was soll Jonah von dir haben?", fragte Lia nuschelnd.

„Ach nichts", sagte Josefine und zuckte mit den Schultern.

„So einen Aufstand für nichts?", Lia war verärgert.

„Ja weiß du," Josefine sah sich hilfesuchend um, „wir haben das nur gespielt. Als Scherz weil wir uns damals doch so oft gestritten haben, damit du dich fühlst wie immer."

Lia kannte ihre Schwester und wusste sofort, dass sie ihr etwas verschwieg. Sie wusste jedoch auch, dass niemand besser schweigen konnte, als ihre Schwester.

„Josefine, wenn es etwas gibt, worüber du mit mir reden möchtest, bin ich gerne für dich da." Lia nahm ihre kleine Schwester in den Arm, die es nicht gewohnt war, wie ein Kleinkind behandelt zu werden. Josefine versteifte sich in der Umarmung. „Schon ok. Es ist alles in Ordnung. Das war nur ein Spiel.", wimmelte sie Lia ab.

„Nur ein Spiel.", dachte Lia und schüttelte ungläubig den Kopf. Irgendwas schien sich doch verändert zu haben. Zuerst will sich Jonah mitten in der Nacht aus dem Haus schleichen, dann lügt Josefine sie an. Sie hatte sich immer so gut mit beiden verstanden. Was wollte er nur nachts draußen? Vielleicht wollte er sich mit seinen Freunden treffen und Alkohol trinken oder Drogen nehmen. Ihr wurde übel bei dem Gedanken. Jonah war zwar verschlossen, aber dennoch pflichtbewusst. Und Josefine schien immer so offen und ehrlich. Nun verbarg sie etwas vor Lia. Das war hoffentlich nur die Pubertät. Sie würde mit beiden nochmal versuchen zu reden.

Oben an der Treppe hing ein Bild von ihnen Dreien. Lia erinnerte sich nur schwammig an den Tag. Es wurde etwa ein Jahr bevor sie umgezogen ist, aufgenommen. Es zeigt Lia, die in einem Stuhl sitzt und Kopfhörer trägt. An ihrem Gesicht lässt sich erkennen, dass sie schlechte Laune hatte. In Lias Kopf regte sich bei dem Gedanken etwas. Sie hatte sich an dem Tag mit Mirijam gestritten. Die beiden waren eigentlich verabredet gewesen, doch in letzter Minute hatte Mirijam abgesagt. Sie wollte lieber etwas mit Rick unternehmen.

Seit der Trennung von Mirijams Eltern waren die beiden unzertrennlich. Lia freute sich für die beiden, doch vermisste ihre beste Freundin. Wie es Mirijam jetzt wohl ging? Neben Lia auf dem Foto waren Jonah und Josefine zu erkennen. Beide blickten interessiert und fast ehrfürchtig zu Lia hoch. Jonah und Josefine waren damals wie Pech und Schwefel. Ständig haben die beiden sich etwas ausgedacht, um Lia zu ärgern und ihre Aufmerksamkeit zu bekommen. Dennoch war Lia viel zu sehr mit ihren eigenen Problemen beschäftigt und steckte mitten in der Pubertät. Damals haben sich Jonah und Josefine immer gegenseitig gedeckt, sodass es schwer war, nur auf einen der beiden wütend zu sein. Und nun bekriegten sie sich gegenseitig. Vielleicht würde Lia etwas einfallen, was die beiden wieder näher zusammen bringen wird.

Als Lia die Treppe herunterging, um sich mit ihren Eltern an den Frühstückstisch zu setzen, blickte sie aus dem Fenster und stutzte. Vor dem Haus von Mrs. Garris stand ein Kastenwagen, der ähnlich Aussah wie ein Krankenwagen, nur in weiß. Lia sah, wie ein Mann und eine Frau in Uniform eine Trage ins Haus schoben. Ihr stockte der Atem. Was, wenn etwas mit Mrs. Garris passiert war? Die Gute war nicht mehr die jüngste und lebt alleine in dem großen Haus. Ohne weiter nachzudenken verlies Lia das Haus und stürmte über die Straße.

Die Haustür stand offen und sie betrat das Haus. Es war merkwürdig wieder in diesem Haus zu sein. Nichts schien sich verändert zu haben. Auf dem Tisch standen wie immer rote Tulpen und überall in der Wohnung roch es nach Plätzchen. Lia hielt inne und lauschte. Sie hörte Stimmen aus dem Garten und lief in die Richtung. Neben der Trauerweide kniete Mrs. Garris und zwei anderen Personen.

„Mrs. Garris, ist alles in Ordnung?", rief Lia mit erstickter Stimme. Sie hielt die Luft an und näherte sich den Dreien. Sie blickte über deren Schultern und sah eine verletzte Katze. Die Katze war braun getigert und lag zusammengekrümmt auf dem grünen Rasen. Sie schien sich am Bauch verletzt zu haben.

„Oh, Lia, meine Liebe.", sagte Mrs. Garris überrascht. „Mit mir ist alles in Ordnung. Ich habe dieses arme Ding gerade gefunden und sofort den Tiernotruf verständig. Aber...ist mit dir auch alles in Ordnung?", fragte Mrs. Garris nachdenklich.

„Natürlich. Warum sollte...", Lia brach mitten im Satz ab. Sie hatte das Gesicht der Tierpflegerin gesehen.

„Mirijam?", fragte Lia erstaunt. Die Frau drehte sich um.

„Entschuldigung, kennen wir uns?", fragte diese höflich.

„Natürlich. Mirijam ich bin es. Lia. Amalia aus der Schule damals. Ich bin weggezogen", Lia fing vor Freude leicht an zu lachen, ihre damalige beste Freundin wieder zu sehen. Langsam dämmerte es Mirijam. Man konnte in ihren Augen sehen, wie sie Lia wieder erkannte, der Ausdruck sich in Freude umwandelt dann jedoch etwas nüchterner abflacht und die Begeisterung verschlingt.

„Oh, ja Lia. Hi. Na?", sagte Mirijam weniger freudig. Lia war ganz aufgeregt.

„Wie geht es dir? Wir haben uns ja schon ewig nicht mehr gesehen. Hättest du Lust einen Kaffee trinken zu gehen? Wir müssen uns unbedingt mal wieder unterhalten..."

„Oh, hm. Mal schauen.", sagte Mirijam abweisend und blickte an Lia hinunter.

Lia folgte ihrem Blick und errötete. Sie hatte noch

immer ihre Schlafsachen an. Sie stand in einem weiten T-Shirt aus dem Ferienlager, einer ausgebeulten Jogginghose und ihren Herzchenpantoffeln vor Mrs. Garris, Mirijam und einem fremden Mann. Sie war so besorgt um Mrs. Garris, dass sie gar nicht mehr darauf geachtet hatte, was sie trug. Die ganze Situation war Lia äußerst peinlich und sie wusste nicht, wie sie da wieder herauskommen sollte.

„Ist alles in Ordnung mit dir, Liebes?", fragte Mrs. Garris erneut besorgt. Lia brachte kein Wort heraus. Alle schienen sie anzustarren. Der fremde Mann sagte als erstes etwas.

„Wir sollten die Wunde der Katze desinfizieren und etwas verbinden. Sie hat sich wahrscheinlich verletzt als sie über einen spitzen Zaun klettern wollte."

„Ja. Ja, du hast recht. Wir legen sie vorsichtig auf die Trage."

Lia lächelte dem fremden Mann schüchtern und dankbar zu. Mrs. Garris, Mirijam und der Mann gingen durch das Haus zum Auto. Lia blieb im Garten und lies sich gedemütigt auf einen alten metallenen Gartenstuhl fallen. Mrs. Garris kam nach draußen und setzte sich wortlos neben sie.

„Seit ich wieder zurück bin, ist alles so merkwürdig.", fing Lia niedergeschlagen an.

„Was ist merkwürdig, Liebes?", frage Mrs. Garris mit weicher Stimme. Sie war eine gute Zuhörerin und hatte Lia schon damals oft Ratschläge geben können.

„So einiges. Meine Geschwister sehen noch genauso aus wie damals, verhalten sich aber ganz anders. Versuchen mir dann aber wiederrum vorzuspielen, dass alles wie immer ist.", klagte Lia. Mrs. Garris lachte. Es war kein Auslachen, sondern eher ein freundliches Lachen, wie bei einem kleinen bockigen Kind.

„Lia, sie sind in der Pubertät. Nächstes Jahr werden beide 15. Da verhält man sich nun mal komisch. Sie haben dich sehr vermisst. Und ich glaube, im Innern möchten sie die Zeit und das Verhältnis zu dir zurückbekommen. Doch sie haben sich auch entwickelt, oder besser gesagt, entwickeln sich gerade."

Lia blickte nachdenklich zur Trauerweide und malte mit ihren Füßen Kreise in den Sand.

„So wie damals wird es nicht wieder werden. Versuch' einfach, die neue Situation anzunehmen und sie zu genießen, anstatt zwanghaft zu versuchen die Zeit zurück drehen." Mrs. Garris stupste sie in die Seite und beide grinsten sich an.

„Sie haben ja recht. Es ist nur so ungewohnt.", sagte Lia einsichtig.

„Das kann ich mir vorstellen. Aber weiß du, du warst als Teenager auch nicht ganz einfach.", kicherte Mrs. Garris.

„Ich erinnere mich noch an das eine Mal, als du genug von deinen Geschwistern hattest. Du wusstest, dass ich beim Arzt war und hast dich durch das Gartentor in meinen Garten geschlichen.", Mrs. Garris stockte für einen Moment während sie die Erinnerung revue passieren lies.

„Oh ja. An dem Tag war ich echt genervt. Die beiden wollten unbedingt, dass ich mit ihnen Mutter, Vater,

Kind spielen würde.", ergänzte Lia.

„Du hast deine Kopfhörer genommen, eine Decke und eine Plane und hast dir zwischen den Zweigen ein Zelt gebaut und dich dort verkrochen. Einen ganzen Tag warst du verschwunden. Deine Eltern waren krank vor Sorge. Jeder in Dorwich hat nach dir gesucht."

„Doch ich habe nichts gehört, weil ich die Kopfhörer auf hatte." Lia lächelte einsichtig. Sie hatte ihren Eltern genug Sorgen bereitet.

„Sie haben erst gemerkt wo du warst, als mir auffiel, dass ein paar Plätzchen fehlten. Alle waren heilfroh, dich wieder zu haben und du hast die Aufregung nicht verstanden." Lia lehnte sich an Mrs. Garris.

„Sie machen aber auch die besten Plätzchen auf der ganzen Welt!" Mrs. Garris fühlte sich geschmeichelt. Steckte die Hand in ihre Schürzentasche und holte ein paar Plätzchen zum Vorschein.

Lia öffnete weit die Augen vor Freude und Erstaunen und griff beherzt zu. Die Plätzchen waren alle von unterschiedlicher Farbe und Form doch eines hatten sie alle gleich: Eine Schokoladen-Nusscreme-Füllung. Lia schloss die Augen und seufzte zufrieden. Mrs. Garris war damals in Lias Klasse eine Berühmtheit gewesen. Einmal hatte Theo so viele Plätzchen gegessen, dass ihm ganz schlecht wurde. Nur weil er versuchen wollte, diese nach zu backen. Es war ihm natürlich nicht gelungen.

Lia schmunzelte bei dem Gedanken an sein verzerrtes Gesicht, als sie wieder an die Begegnung mit Mirijam denken musste. Sie schämte sich dafür, wie ihre erste Begegnung abgelaufen war. Durch die Plätzchen positiv gestimmt und zu Tatendrang aufgelegt, fragte sie: „Mrs. Garris, hätten Sie noch ein paar Plätzchen, die sie mir geben könnten? Ich muss einer alten Freundin einen Besuch abstatten.“

Mrs. Garris verstand sofort, zwinkerte und machte Lia für ihr Treffen ein kleines Beutelchen fertig.

„Sag’ Mirijam, sie soll nicht so viel Wasser trinken beim Essen. Sonst kann sie wieder den halben Tag auf der Toilette verbringen.“, rief ihr Mrs. Garris nach, als Lia gerade an der Haustür ihrer Familie klingelte. Ihre Mutter öffnete verdutzt über Lias Auftreten die Tür, sah jedoch Mrs. Garris im Hintergrund und stellte keine Fragen. Lia und Mrs. Garris hatten schon immer ein spezielles Verhältnis zueinander. Für Lia war sie eher eine Großmutter, mit der sie jeder Zeit reden konnte. Bei Mrs. Garris fühlte sich Lia auf eine andere Weise geborgen. Dort waren keine Eltern oder Geschwister die etwas von ihr wollten oder sie beobachteten. In dem Haus konnte sie sich stundenlang verkriechen und nur ihren Gedanken nachhängen. Lias Mutter vertrieb den Gedanken und versuchte ihre Tochter wieder als er-wachsene Frau zu sehen.

Nachdem Lia zusammen mit ihren Eltern und Ge-schwistern gefrühstückt hatte, zog sie sich an. Jonah und Josefine gingen zusammen zur Schule, worüber sich Lia freute. Die beiden tuschelten auf dem Weg nach draußen etwas und Lia meinte zu hören, wie Josefine sagte: „Du musst ihr einfach zeigen, dass sie was besonderes für dich ist. Sie muss dich so mögen, wie du bist. Wenn du nun zu einem Fiesling wirst, hilft das keinem…" Lia überlegte kurz etwas zu sagen, lies es dann aber bleiben. Sie würde seine Privatsphäre zunächst respektieren.

Lia verlies das Haus. Es war ein diesiger Tag und es lag Regen in der Luft. Zur Tierklinik war es etwa eine halbe Stunde zu Fuß. Doch Lia lies das Auto stehen und griff nach einem Regenschirm. Warum sollte sie auch fahren? Sie hatte genug Zeit und könnte ein bisschen die Luft genießen und in Erinnerungen schwelgen. Regen hatte ihr noch nie etwas ausgemacht. Sie bog einmal links, zwei mal rechts ab und gelangte in den Park. Der Park war nicht sonderlich groß, dafür aber sehr verwinkelt. Sie folgte dem Kiesweg und schaute sich die Bäume rechts und links von ihr an. Da fiel ihr ein, was ihre Mutter gesagt hatte. Theo arbeitet manchmal in diesem Jugendzentrum. Vielleicht hatte sie ja Glück und er war gerade da.

Mit einem etwas zügigeren Schritt lief sie Richtung Jugendzentrum, da sie nun ein konkretes Ziel vor Augen hatte. Das Jugendzentrum befand sich in einem flachen Bunker. Die Außenwände waren mal mit Graffiti besprüht worden, welche jedoch durch die Witterung und Moss kaum noch zu erkennen waren. Lia ging auf die graue Tür zu und zog an dem Knauf. Die Tür öffnete sich mit einem leisten Klacken. Sie ging durch den Flur mit den Garderoben in den großen Raum. Ein junger

Mann fegte gerade den Boden.

„Ähm, Entschuldigung?", fragte Lia verunsichert durch ihr eigenes Echo. Der Mann drehte sich um. Er hatte blonde, kurze Haare und ein breites Kreuz.

„Ja, wie kann ich weiter helfen?", erwiderte er freundlich. Sie schauten sich über Meter hinweg in dem großen Raum an.

„Arbeitet Theo hier. Ähm, also sein ganzer Name ist Theodore Watt." Der Mann lachte kurz auf.

„Dann möchten Sie wohl zu mir, nehme ich an. Ich bin Theo", sagte er freundlich.

„Oh", Lia wurde wieder etwas rot und war verwirrt.

Konnte dieser Mann da vor ihr wirklich ihr guter Freund Theo sein? Sie hatten sich drei Jahre nicht gesehen. Wie sehr kann man sich in dieser Zeit verändern? Sie musterte ihn nachdenklich. Die Haarfarbe stimmte. Die Augenfarbe auch. Auch die Gesichtsform könnte grob stimmen. Lia fasste sich ein Herz.

„Ich bin es, Lia."

Auf Theos Gesicht breitete sich ein strahlen aus.

„Wirklich? Lia! Wie lange ist das denn jetzt her?" Er kam mit schnellen Schritten auf sie zu und umarmte sie überschwänglich. Lia war perplex, wie schnell Theo diese Distanz zwischen ihnen überwunden hatte. Er blickte ihr freudig in die Augen.

„Das letzte Mal, als wir uns gesehen hatten, war in der Nacht bevor du gefahren bist am Leuchtturm. Ich habe dir einen Würfel auf deinen Schuh gemalt, damit du immer eine Erinnerung an mich hast."

Das stimmte. Es war wirklich das letzte Mal, dass Lia

dort Theo gesehen hatte. Er musste es sein, auch wenn irgendwas in ihrem Inneren eine Distanz zu ihm spürte.

Sie lächelte und sagte: „Ja. Leider habe ich die Schuhe nicht mehr. In meiner ersten Woche an der neuen Schule schneite es total und sie weichten komplett im Schneematsch auf." Sie hatte das Gefühl, ihm eine Erklärung geben zu müssen.

„Wie toll es ist, dich zu sehen. Wow. Du siehst gut aus. Was machst du denn hier?", fragte er begeistert weiter.

„Ich bin für einige Zeit bei meinen Eltern und gerade bin ich eigentlich auf den Weg zu Mirijam. Hast du Lust mitzukommen?" Lia hoffte, dass er auf ihr Angebot eingehen würde. Mit Theo zusammen würde der Besuch bei Mirijam vielleicht nicht so steif ablaufen. Theos Mundwinkel gingen nach unten.

„Leider kann ich nicht. Ich muss hier noch sauber machen und für später alles vorbereiten. Du glaubst gar nicht, wie viel Dreck diese Jugendlichen immer machen. Aber lass uns doch morgen treffen. Was hältst du von einem Date um 14:00 Uhr im Goldenen Kännchen?"

„Ein Date?" Lia war sich unsicher, ob sie zusagen sollte. Schließlich war Theo ein sehr guter Freund. Obwohl sie zugeben musste, dass er nicht schlecht aussah.

„Naja oder ein Treffen. Nenn' es wie du magst. Also steht es?" Seine Augen strahlten Lia an.

Sie nickte und sagte: „Jap. Dann sehen wir uns morgen dort." Auch sie konnte ihr Lächeln nicht verbergen. Sie war schon immer gerne im Goldenen Kännchen gewesen und freute sich darauf, ihren damaligen Freund neu kennen zu lernen.

„Super. Dann bis morgen. Ich freue mich. Grüß' die Anderen ganz lieb von mir."

„Mache ich. Bis dann." Mit diesen Worten drehte sich Lia um und verlies das Jugendzentrum. Lächelnd und mit beschwingtem Schritt.

Sie konnte noch immer nicht nachvollziehen, wie ihr dieser Mann zugleich bekannt und dann wiederrum doch nicht vorkam. Von der Stimme, den Haaren und den Augen war er unverkennbar Theo. Jedoch war der Theo, den Lia kannte, eher ein bisschen dicklich und hatte ein rundes Gesicht. Dieser Theo war muskulös und sein Gesicht war deutlich schmaler. Er wird wohl in den vergangenen Jahren viel Sport gemacht haben. Auch Lia musste sich verändert haben, denn Theo und sogar Mirijam hatten sie nicht erkannt. Klar, sie war etwas schlanker geworden, trug nun täglich Schminke und hatte sich auch vom Kleidungsstil gewandelt, aber sie war noch immer Lia. Sie lächelte in sich hinein. Und nun hatte sie ein Date mit Theo. Er wollte sie treffen. Trotzdem fand sie es komisch, mit einem damaligen guten Freund nach so vielen Jahren ein Date zu haben. Wie würde das nun ablaufen? Sprach man über Themen von damals, tauschten alte Geschichten aus oder musste man sich erst wieder neu kennen lernen, wie wenn man mit einem komplett Fremden ein Date hatte? Doch Theo war nicht fremd.

Liebe fürs Leben

Lia und Theo verbrachten viel Zeit miteinander, nachdem Mirijam und Rick ein Paar geworden waren. Da beide sportbegeistert waren, gingen sie oft zu Basketballspielen, spielten Eishockey zusammen oder gingen jeden Samstagmorgen joggen. Nie war zwischen ihnen ein anderes Verhältnis, als zwischen Bruder und Schwester. Wenn Lia zu Hause mit niemandem reden konnte, war Theo stets da und hatte ein offenes Ohr. Insgeheim glaubte Lia, sah er in ihr auch so was wie eine Schwester, denn mit seinem Bruder hatte Theo nie ein sonderlich gutes Verhältnis gehabt. Nun hatte sich ihr Verhältnis verschoben. Man betrachtete sich nicht mehr auf kindlicher Ebene, sondern als Erwachsene.

In ihren Gedanken versunken und nicht auf ihre Schritte achtend, bemerkte Lia erst sehr spät, dass sie bereits vor der Tierklinik stand. Es war ein großes weißes Gebäude, welches von außen schon sehr viel Modernität ausstrahlte. Im Innern würde es wahrscheinlich nur so von glänzenden Fußböden und Smart TVs wimmeln. Lia musste sich eingestehen, dass sie etwas nervös war. Sie musterte ihr Spiegelbild in der Glastür, strich ihre Jacke glatt und betrat die Klinik.

„Mr. Curtis bitte ins Sprechzimmer, Mr. Curtis bitte", sagte eine monotone Stimme aus einem Lautsprecher. Innen war es genau so, wie Lia es sich vorgestellt hatte. Weite, helle, offene Flure luden den Tierbesitzer ein, sich noch etwas länger hier aufzuhalten. Alleine durch das Ambiente wurde der Eindruck erweckt, dass die Mitarbeiter professionell arbeiten und wussten, was sie machen. In der einen Ecke gab es die Katzen, in der anderen Hunde und nicht zuletzt auch eine Ecke für die Kleintiere und Reptilien. Lia meinte sogar, aus einer Tragebox heraus den Schwanz einer Schlange zu erkennen. In der Mitte von alledem stand eine runde Rezeption. Die Mitarbeiter schienen Patienten aus jeder Richtung her anzunehmen. Sie erinnerten an Hamster, welche die ganze Zeit im Kreis rannten. Gab es daraus überhaupt einen Ausgang?

Lia ging auf eine junge Frau mit rötlichen Haaren zu. Sie hatte ein spitzes Gesicht, mit großen aufgeweckten Augen und schien durchgehend zu lächeln.

„Hallo. Wie kann ich Ihnen weiter helfen?", strahlte sie Lia an.

„Ähm, ich möchte gerne zu Mirijam Kov. Ist sie zu sprechen?", sagte Lia verunsichert durch die Energie, die dieses Mädchen ausstrahlte.

„Um welches Tier handelt es sich denn? Ein Notfall?" Bei den letzten Worten verzog sie die Mundwinkel traurig nach unten.

„Nein, nein", beruhigte Lia sie schnell. „Wir sind nur

alte Freundinnen und ich würde gerne kurz mit ihr reden, wenn es geht."

„Ah, nun," fing die Frau zögerlich an. „Wissen sie, Frau Kov arbeitet gerade."

Langsam verlor Lia die Geduld.

„Und wann macht Sie eine Pause oder hat Feierabend?"

„Ich frage Sie mal", quietschte Sie vergnügt. Schob einen versteckten Teil des Empfangs zur Seite und lief einen der vielen Flure entlang. Dabei wippte ihr Pferdeschwanz auf und ab. Lia hoffte, dass die Frau eine gute Antwort für sie hatte. Nochmal hatte Lia keine Lust auf solch ein Gespräch.

Sie lehnte sich mit dem Rücken an den Empfang. Draußen hat es aufgehört zu regnen und sie sah einen großen dunkelhaarigen Mann aussteigen. Rick. Dieser Mann war unverkennbar Rick, der wahrscheinlich Mirijam abholen wollte. Lia freute sich sehr, dass sie beiden noch zusammen waren und fing aufgeregt an zu winken. Rick kam herein, erkannte Lia sofort und sie vielen sich lachend in die Arme. Bevor sie auch nur ein weiteres Wort sagen konnten, hörten sie eine Stimme.

„Lass' uns so schnell wie möglich hier abhauen, Liebling. Du glaubst gar nicht, was ich für einen Tag gehabt habe..." brach Mirijam mitten im Wort ab, als sie bemerkte, dass Lia neben Rick stand.

„Oh", sagte sie erstaunt.

„Hi", erwiderte daraufhin Lia. Es herrschte einen Moment Schweigen.

„Ist das nicht toll Schatz? Lia ist da. Wir haben uns

so lange nicht gesehen. Die beiden besten Freundinnen wieder vereint." Rick schien begeistert.

„Ja. Die beiden besten Freundinnen", sagte Mirijam mit einem bitteren Unterton.

Lia bemerkte den Unterton und runzelte die Stirn.

„Mirijam, was ist denn los?"

„Du haust einfach so vor ein paar Jahren ab, tauchst jetzt plötzlich wieder auf und willst Teil unseres Lebens sein?", Mirijams Stimme klang verärgert.

Lia stockte einen Moment. Sie wusste nicht, dass Mirijam so darüber dachte.

„Mirijam..." fing Lia hilflos an. „Ich bin nicht einfach so abgehauen. Ihr wusstet alle, dass ich meinen Abschluss machen wollte. Ich bin nicht hier, damit alles wieder so wird wie früher, ich habe euch einfach nur vermisst. Ich bin ein paar Tage bei meinen Eltern..." Doch weiter kam sie nicht.

„Hörst du dir eigentlich zu?", fauchte Mirijam sie an. „Ich, ich, ich. ICH wollte den Abschluss, ICH bin bei meinen Eltern, ICH habe euch vermisst. Du hast nicht einmal gefragt wie es uns geht."

Lia war perplex. Sie wusste nicht, was sie daraufhin sagen sollte. War sie wirklich so egoistisch? Sie hatten in der Anfangszeit nach ihrem Umzug jeden Tag telefoniert. Doch irgendwann ging bei beiden der Alltag weiter und die Telefonate wurden seltener. Mirijam machte ihre Ausbildung und war Tag und Nacht mit lernen beschäftigt und Lia fand langsam neue Freunde.

„Was erwartest du von mir, Mirijam?", fragte Lia niedergeschlagen.

„Dass du einsiehst, dass es deine Schuld ist, dass unsere Freundschaft zerbrochen ist.“

Lia schluckte. Es hatte keinen Sinn, mit Mirijam zu diskutieren. Wenn sie einmal von etwas überzeugt war, konnte niemand etwas daran ändern. Rick stand zwischen den beiden wie ein stummer Beobachter. Er war so klug, sich nicht einzumischen. Mirijam kochte vor Wut und Lia wurde immer trauriger.

„Es tut mir Leid, wenn für dich die Freundschaft zerbrochen ist. Für mich ist sie das nicht. Auch wenn wir weniger Kontakt hatten, bist und bleibst du meine beste Freundin.“

Nun war Mirijam diejenige die Schluckte. Lias Worte rührten sie und ihre Miene entspannte sich.

„Oooooh, die Freundinnen sind wieder vereint.“, sagte Rick.

„Ach sei ruhig“, fauchte Mirijam ihn an, doch das Eis war gebrochen. Alle drei mussten lachen.

„Jetzt fehlt nur noch Theo, dann wären wir alle wieder zusammen“, sagte Lia glücklich. Rick und Mirijam hörten beide sofort mit dem Grinsen auf.

„Wir...wir haben den Kontakt zu Theo abgebrochen. Wir haben uns einfach in unterschiedliche Richtungen entwickelt und es passte dann nicht mehr“, erklärte Rick.

„Wie in unterschiedliche Richtungen entwickelt? Ich habe ihn gerade erst getroffen. Wir sind morgen verabredet“, fragte Lia ungläubig nach.

„Nun ja...“, fing Rick an.

„Er hat sich einfach nicht weiter entwickelt, weiß du?“, versuchte Mirijam es zu erklären. „Er macht dieses Ding mit den Kindern und ist zufrieden damit. Ich meine, er will nicht mehr im Leben erreichen. Das ist doch komisch. Man muss doch höhere Ziele haben, sonst macht das alles hier doch keinen Sinn“, sagte Mirijam.

Lia wollte keinen neuen Streit und sagte deswegen daraufhin lieber nichts. Sie konnte Theo verstehen. Wenn es wirklich seine Leidenschaft war, mit den Jugendlichen zusammen zu arbeiten und ihnen ein stabiles Umfeld zu schaffen, dann freute sie sich für ihn. Denn so sollte Lias Meinung nach das Berufsleben sein. Man musste einen Job finden, in dem man komplett aufgehen konnte und mit dem man lange Zeit zufrieden war. Mirijam und Rick wollten sich immer beweisen. Noch eine Note besser oder noch einen Kurs mehr. Sie schienen nie in einem Zustand zu ruhen. Lia verstand, dass nur Ziele jemanden weiter bringen konnten. Doch was war mit ihr? Deswegen sagte sie schnell: „Ich weiß noch gar nicht, was ich jetzt nach meinem Abschluss machen möchte.“

Mirijam schien aus allen Wolken zu fallen.

„Aber du wirst doch wissen müssen, ob du was mit Tieren, Menschen oder Maschinen machen möchtest.“

Lia zuckte ratlos mit den Schultern.

„Ich bin hier, um genau das herauszufinden.“

Bevor Mirijam damit anfangen konnte, Jobmöglichkeiten für Mirijam aufzulisten, schaute Rick auf die Uhr.

„Wir müssen los“, sagte er plötzlich hektisch. „Wir

haben die Zeit total vergessen."

„Verdammt", ärgerte sich Mirijam. „Wir müssen leider los. Wir gehen noch zur Abendschule, damit wir uns künftig auch um Zootiere kümmern können."

Natürlich. Was sollten die beiden auch sonst in ihrer Freizeit machen, außer sich weiterzubilden.

„Macht nur. Wir sehen uns die Tage bestimmt mal wieder", sagte Lia verständnisvoll.

„Auf jeden Fall", rief Rick ihr im Gehen über die Schulter hinweg zu. Lia winkte und steckte die Hand in ihre Tasche. Sie hatte vergessen, ihnen die Plätzchen zu geben. Eilig rannte sie zur Ausgangstür.

„Rick!" Er drehte sich um. „Fang!" Lia warf die Plätzchen durch die Schiebetür und Rick fing sie. Er streckte den Daumen nach oben und verschwand im Auto.

Lia stand noch einen Moment lächelnd da. Nachdem die beiden gegangen war, war sie plötzlich merkwürdig alleine.

„Ähm entschuldigen Sie?", sagte eine Stimme hinter ihr. Lia drehte sich um. Die Frau vom Empfang stand neben ihr.

„Ich habe nach Frau Kov geschaut. Es scheint, als hat sie die Klinik leider schon verlassen. Kann ich etwas ausrichten?"

Lia schüttelte ungläubig den Kopf. „Nein. Schon in Ordnung", sagte sie, verlies das Gebäude und machte sich auf den Weg.

Zu Hause angekommen, durchströmte Lia eine unerwartete Wärme. Sie hatte gar nicht bemerkt, wie kalt es draußen im Regen war. Im Wohnzimmer bemerkte sie, dass ihr Vater gerade den Kamin anzündete. Ihre Mutter saß in ihrem Sessel und beobachtete ihn mit einem leichten Lächeln.

„Na, wie war dein Tag heute?", fragte Lia's Mutter, als sie ihre Tochter bemerkte. Erschöpft ließ sich Lia in einen der dunkelroten Sessel fallen. Sie seufzte ermattet.

„Soweit eigentlich ganz gut." Lia wusste nicht wo sie anfangen sollte zu erzählen. Es war so viel passiert in den letzten Stunden. Sie hat Mirijam wieder getroffen, dann ein Date mit Theo vereinbart und später nochmal Mirijam mit Rick getroffen. Für jemanden der seit mehreren Jahren keinen Kontakt mehr zu seinen alten Freunden gehabt hat, waren das ganz schön viele Eindrücke.

Ihre Mutter wusste, dass es keinen Sinn hatte, Lia noch weitere Einzelheiten des Tages aus der Nase zu ziehen. Lia würde sich schon öffnen, wenn ihr danach war.

„Heute essen wir übrigens nicht zusammen.", sagte Lia's Vater aus heiterem Himmel, um die Stille zu durchbrechen. Das Feuer fing langsam an zu brennen. Lia legte den Kopf schräg und schaute ihren Vater verwundert an.

„Aber das Essen war doch immer ein gemeinsames Ritual...", fing sie verdutzt an.

„Wir essen auch weiterhin zusammen. Nur heute nicht. Jonah geht später ins Jugendzentrum und Josefine geht zu einer Freundin lernen. Wir beide", sie nickte zu ihrem Mann „...sind heute Abend mit den Reynolds zum Essen verabredet. Anschließend gehen wir noch ins Theater. Es kann bei uns also später werden. Du hast sturmfrei."

Lia's Mutter lächelte, als hätte sie gerade eine super Neuigkeit erzählt. Doch Lia wollte bei ihrer Familie sein und machte sich nichts daraus, Zeit für sich zu haben.

Daher sagte sie knapp: „Ok. Ich schaue mal nach den beiden", und ging die Treppe hoch.

Hoffentlich stritten sich die beiden nicht wieder. Da Jonah nicht gerade sehr kommunikativ war und die Sache mit neulich nachts noch zwischen ihnen lag, ging Lia zu Josefines Zimmer. Sie klopfte vorsichtig, drei Mal mit dem Knöchel gegen die Tür.

„Komm' ruhig rein, Lia", sagte Josefine. Lia öffnete die Tür.

„Woher wusstest du, dass ich es bin?", fragte sie verwundert.

„Nun hör mal", sagte Josefine und drehte sich auf ihrem Schreibtischstuhl zu Lia um. „Erstens kommen unsere Eltern fast nie hier hoch, wenn sie etwas von mir möchten. Sie würden mich rufen. Und zweitens kenne ich niemanden sonst, der sich so lautlos durch das Haus bewegen kann. Da ich auf der Treppe und dem Flur kein einziges Geräusch gehört habe, konntest nur du das sein." Josefine grinste zufrieden, als hätte sie einen besonders komplizierten Fall gelöst.

Lia schüttelte beeindruckt den Kopf: „Erwischt", sagte sie und sah sich in dem Zimmer um.

So musste also ein Zimmer aussehen, von jemandem der sich noch nicht richtig gefunden hatte. Josefines Zimmer war sehr groß und rechteckig. Sie hatte ihr Zimmer mit einem Raumteiler in Wohn- und Arbeitsbereich unterteilt. Im Arbeitsbereich befanden sich neben einem bodentiefen Fenster, der Schreibtisch, das Bett und eine Kommode. Alle Möbel waren weiß. Diese Hälfte des Zimmers war komplett ordentlich. Alles stand gerade, sortiert an seinem Platz. Es wirkte tatsächlich ein bisschen steril und kühl. Auf der anderen Seite des Raumteilers befand sich ein weißer Kleiderschrank, der überall mit Fotos und kleinen Zetteln beklebt war. Ein Sofa mit mindestens zehn verschiedenen Kissenarten in allen möglichen bunten Farben sowie ein hellgrüner Fransenteppich. Das Zimmer spiegelte exakt den Charakter von Josefine wieder. Sie war einerseits bunt und chaotisch und liebte es sich kreativ auszulassen. Andererseits interessierte sie sich sehr für Wissenschaft und Forschung.

Lia setzte sich vorsichtig auf Josefines Bett. Darauf bedacht, nicht allzu viele Falten in die säuberlich gefaltete Bettdecke zu machen.

„Und, was gibt's?", frage Josefine ungeduldig.

„Ich wollte nur mal etwas Zeit mit meiner Schwester verbringen", antwortete Lia.

„Ah." Josefine und Lia saßen sich gegenüber und sahen sich schweigend an. Bevor die Stille zu erdrückend wurde sagte Lia: „Und wie läuft es so in der Schule?"

„Du willst jetzt wirklich mit mir über die Schule sprechen?" Josefine lachte.

„Eigentlich nicht." Lia stimmt in ihr Lachen mit ein. „Ist alles in Ordnung zwischen dir und Jonah?", frage Lia stattdessen.

„Klar. Wieso?", sagte Josefine und wand den Blick nach unten.

„Naja ich meine der Streit heute morgen...", fing Lia an doch Josefine unterbrach sie.

„Ach, das war nichts", wimmelte Josefine das Thema ab.

Wieder schwiegen sich die beiden an.

„Vielleicht können wir und dein Bruder ja mal wieder was zu Dritt unternehmen?", schlug Lia vor. „Sollen wir ihn mal fragen gehen?"

„Lieber nicht", antwortete Lia zerknirscht. „Jonah schläft gerade. Er schläft sowieso meistens im Moment tagsüber nach der Schule. Er ist auch viel in diesem Jugendclub. Jeder geht bei uns im Moment seinen eigenen Weg."

„Er schläft tagsüber? Und was macht er nachts?", fragte Lia schmunzelnd. Josefine zuckte nur mit den Achseln. „Ich glaube es hat irgendwie was mit einem Mädchen zu tun. Aber sag ihm bloß nicht, dass du das von mir hast. Ich weiß ja nicht mal ob es stimmt", flüsterte Josefine.

Ein Mädchen. Natürlich. Einer der Gründe, warum sich die meisten Jungs komisch benahmen und Jonah war auch noch mitten in der Pubertät. Dennoch erklärt das immer noch nicht, wohin er letztens nachts wollte und wieso er tagsüber schlief. Vielleicht traf er sich nachts heimlich mit dem Mädchen. Aber warum gerade nachts? Er kann sich doch auch tagsüber mit ihr treffen. Es musste ja nicht zu Hause sein. Lia wurde immer neugieriger und war deshalb bemüht, möglichst beiläufig zu klingen: „Und wie ist das Mädchen so?"

„Sie ist…verdammt", brach Josefine den Satz ab. „Es ist schon voll spät. Ich bin noch mit Ruby zum Lernen verabredet. Tut mir Leid, Lia, wir müssen wann anders reden. Aber jetzt muss ich los. Verdammt." Mit diesen Worten stürmte sie aus dem Zimmer.

Da es für Lia unangenehm war, alleine in Josefines Zimmer zu sein, ging sie in ihr eigenes. Auf dem Flur hörte sie ihre Mutter rufen: „Wir sind dann weeeg. Bis spääter." Und die Tür viel ins Schloss. Lia legte sich mit Anziehsachen auf ihr Bett und starrte an die Decke. Was sollte sie denn nun den Abend alleine zu Hause machen? Lia nahm ihr Handy in die Hand und wählte die Nummer von Leslie. Es war zwar erst zwei Tage her, seit sie sich zuletzt gesehen hatten, doch Lia war gespannt, wie ihrer Freundin das Studium gefällt. Doch Leslie ging nicht ans Telefon. Lia schrieb ihr eine Nachricht.

„Hey,
sturmfrei alleine zu Hause ist nicht mehr so spannend wie früher. Ich will alles über die neuen süßen Jungs an deiner Uni wissen. Ruf' doch mal an, wenn du Lust hast."

Lia legte das Handy auf ihren Bauch und wartete. Sie hörte, wie Jonah zuerst das Zimmer und dann das Haus verlies. Jetzt war sie ganz alleine.

Ein lautes Knarzen lies Lia plötzlich hochschrecken. In ihrem Zimmer war es dunkel und ein Blick auf ihr Handy zeigte, dass sie wohl eingeschlafen sein musste. Sie sah, dass Leslie ihr 5 Nachrichten geschrieben hat. Lia lauschte erneut. Sie hörte, wie jemand auf die erste, obere stufe der Treppe trat. Ein Blick auf die Uhr zeigte es, dass es weit nach 2:00 Uhr nachts war. Leise stand Lia von ihrem Bett auf und öffnete die Tür. Es war Jonah, der erneut versuchte sich aus dem Haus zu schleichen. Lia beschloss ihm zu folgen. Unten angekommen, schloss Jonah leise die Haustür. Lia huschte so schnell es ging die Treppe herunter, wühlte hektisch nach ihren Schuhen und zog eine der vielen Jacken an, die für Notfälle an der Garderobe hangen. Dann öffnete sie ebenfalls die Haustür und schlich auf den Bürgersteig. Zu ihrem Glück war Jonah noch nicht weit gekommen. Sie sah ihn ein paar Meter vor sich. Lia musste aufpassen, dass er sie nicht entdeckte.

Umsichtig schlich Lia von der ersten Mülltonne hinter einen Busch. Falls sich Jonah doch umdrehen sollte, so sah er Lia wenigstens nicht. Sie folgte Jonah bis in den Park. Dort angekommen, lugte Lia um eine Ecke und sah auf der großen Wiese eine Ansammlung von Jungs. Jonah schien sie zu kennen, denn er begrüßte einige von ihnen mit Handschlag. Wäre es nicht mitten in der Nacht, hätte man meinen können, dass sich einfach ein paar Schüler zum Lernen treffen würden. Lia beobachtete die Gruppe. Die Jungs redeten und alberten herum. Doch dann näherte sich von der Seite des Jugendzentrums ein Mann. Lia konnte ihn auf die Entfernung nicht erkennen. Sie konnte lediglich sagen, dass er erwachsener war, als die anderen Jungs. Die Gruppe verstummte und fing an merkwürdige Geräusche zu machen. Es hörte sich fast an wie Bellen. Als der Mann zwischen ihnen stand, beendeten sie das Bellen. Der Mann sprach zu ihnen, doch Lia konnte nichts verstehen. Sie war zu weit weg.

Vorsichtig schaute sie sich um. Wenn sie es schaffte, über den Zaun zu klettern, konnte sie sich von der anderen Seite aus zwischen den Bäumen vielleicht annähern. Der Zaun war nicht sonderlich hoch, jedoch alt, rostig und klapprig. Ohne die Gruppe aus den Augen zu lassen, kletterte Lia über den Zaun. Als sie mit dem zweiten Fuß auftrat, war ein Knacken zu hören. Ein Ast war unter ihrer Last zerbrochen. Hastig duckte sie sich und wartete. Nichts passierte. Langsam streckte sie sich etwas und lugte zwischen den Büschen hindurch. Sie betete, dass die Gruppe das Geräusch nicht gehört hatte und es für ein Tier hielt.

Umsichtig tapste Lia weiter. Sie war nun schon erheblich näher. Die Gruppe hatte einen engen Kreis um den Mann gebildet. Er schien mit jedem nacheinander zu reden. Der nächste in der Reihe war Jonah. Lia hörte undeutlich wie der Mann sagte: „Das machst du sehr gut. Du kannst es nicht aufhalten. Versuch' dich zu konzentrieren." Lia beugte sich weiter nach vorne, da der Mann nun zu Jonah ging. Sie schob ein paar Zweige zur Seite um besser sehen zu können, da geschah es. Der Mann blickte direkt an Jonah vorbei in Lias Augen. Sie konnte noch immer sein Gesicht nicht erkennen, doch seine Augen funkelten sie an. Es waren gelbe Augen. Lia stockte der Atem. Der Moment war so schnell vorbei, wie er angefangen hatte.

Der Mann sprach nun so leise zu Jonah, dass sie nichts verstehen konnte. Nachdem er mit jedem einzelnen geredet hatte, gab er ihnen etwas in die Hand. Die Gruppe bellte einmal laut gemeinsam im Chor und sie aßen das, was der Mann ihnen gegeben hatte. Lia sah, wie sich Jonah von seinen Freunden verabschiedete und der fremde Mann ging weg.

DAS GOLDENE KÄNNCHEN

Sie beeilte sich, um schnell nach Hause zu kommen. Für sie gab es hier nichts mehr zu sehen. Mit zitternden Beinen rannte Lia zurück, die Augen des Mannes geistig vor sich sehend. Wer war dieser Mann? Woher kannte Jonah ihn und was gab er ihnen zu Essen? Nahm Jonah etwa Drogen? Das war die einzige Erklärung, die Lia einfiel, warum sich ihr kleiner Bruder nachts heimlich rausschleichen könnte. Doch wenn er Drogen nehmen würde, hätte sie doch irgendeine Reaktion bei Jonah feststellen müssen. Gedankenverloren zog Lia ihren Pullover aus und legte sich ins Bett. Noch immer am ganzen Körper bebend hörte sie, wie Jonah an ihr vorbei in sein Zimmer schlich. Immerhin war er jetzt wieder zu Hause. Was konnte nur der Grund dafür sein, dass Jonah Drogen nahm? Lia war sich inzwischen sicher, sein Geheimnis entdeckt zu haben. Er war in der Pubertät und sicherlich ist das für den einen oder anderen eine schwierige Zeit. Aber so schwierig, dass man mit niemandem drüber reden konnte? Mit dem Kopf voller beängstigender Gedanken und wirren Theorien schlief Lia unruhig ein.

In ihrem Traum tauchte der Mann mit den gelben Augen auf. Er schien sie zu beobachten, zu verfolgen. Sie sah wie er Jonah immer mehr von dem Essen gab, doch Lia konnte nicht erkennen, ob es Tabletten waren oder etwas anderes. Sie wollte zu Jonah hin laufen, doch je schneller sie lief, desto weiter entfernte sich die Szenerie von ihr.

„Du kannst es nicht aufhalten", hörte sie die Stimme von dem Mann und sah wieder direkt in seine funkelnden Augen. Lia warf sich hektisch im Bett von der einen Seite auf die Andere. Dabei fiel ihr Handy herunter. Von dem plötzlichen Geräusch erschrocken, wachte sie auf.

Kopfschüttelnd setzte sich Lia hin und trank einen großen Schluck Wasser. Ein Blick auf ihre Zimmeruhr, welche Fred Feuerstein als Hintergrundbild hatte, zeigte ihr, dass es bereits morgens war. Gähnend und mit verklebten Augen hob sie ihr Handy vom Fußboden auf. Sie hatte Leslies Nachrichten total vergessen und öffnete diese nun freudig.

„Es ist so hammer hier. Bin auf einer WG Party von Phil aus dem Chemiekurs und die haben hier Kaninchen in ihrer Wohnung. Kannst du dir das vorstellen?!"
„Einer hat den Käfig aufgemacht und alle Kaninchen sind weg. Das ist so abgefahren."
„Wir malen die Kaninchen bunt an. Wohoo!"
„Die Nachbarn haben sich beschwert und die Party ist zu Ende. Alle gehen nach Hause."
„Habe keinen Schlüssel."

Lia gab ein leises Lachen von sich. Sie konnte sich genau vorstellen, wie der Abend verlaufen war. Leslie war schon immer diejenige von ihnen beiden, die gerne feiern ging und Lia konnte sich gut vorstellen, wie Leslie betrunken diese Nachrichten getippt hat. Sie las die Nachrichten nochmal. Wenigstens hatte Leslie ihren Spaß, auch wenn es ganz typisch war, dass sie ihren Schlüssel nicht finden konnte. Lia vermisste Leslie und ihre verrückte Art. Sie drückte auf den Telefonhörer und ließ lange klingeln.

„Hallo?", nuschelte ihr eine verschlafene Stimme entgegen.

„Leslie? Ich bin es. Erzähl mir von gestern", sagte Lia ganz aufgeregt und glücklich endlich ihre Freundin am Telefon erreicht zu haben.

„Schrei doch nicht so." Leslie hatte einen Kater.

„Was war denn bei euch gestern los mit den Kaninchen?" Lia musste lachen.

„Was? Welche Kaninchen wovon sprichst du? Ach warte. Ja die Kaninchen...meins hat nun eine Palme auf dem Rücken...", antwortete Leslie lallend.

„Oh man. Das war bestimmt eine verrückte Nacht! Du glaubst es nicht, aber ich habe heute ein Date", erzählte Lia aufgeregt und gleichzeitig angespannt.

„Ach ja?" Leslie schien kurz vor dem Einschlafen zu sein.

„Ja, er heißt Theo. Ich habe dir von ihm erzählt, glaube ich...", sagte Lia unsicher.

„Dann vergiss nicht das Bananenbrot...", Leslies Stimme brach ab.

„Das Bananenbrot? Hallo? Leslie?" Doch es antwortete keiner mehr. Nach einem kurzen Moment des Schweigens hörte sie ihre beste Freundin leise schnarchen. Lia beendete das Telefonat.

Trotz dieses sehr kurzen und unklaren Gesprächs hatte sich ihre Laune gebessert. Sie freute sich auf das Date. Nach einem ausgiebigen Frühstück, einem langen Bad und der sorgfältigen Auswahl ihrer Anziehsachen, machte Lia sich auf den Weg zum Goldenen Kännchen. Jonahs nächtlichen Ausflug und ihre Angst um ihn, schaffte sie kurzzeitig zu verdrängen. Sie hatte sich für einen dunkelblauen Rock mit schwarzer Strumpfhose und einem weiß, schwarzen Pullover entschieden. Dazu trug sie ihren roten Lieblingsmantel. Vor dem Goldenen Kännchen angekommen bemerkte Lia, dass sie fast eine halbe Stunde zu früh dran war. Sie beschloss draußen zu warten.

Zu ihrer Freude schien sich das Goldene Kännchen kaum verändert zu haben. Es war ein unscheinbares Lokal in einer Seitenstraße der Innenstadt. Das Café in diesem grauen Backsteinhaus wurde von Maria Mallert seit Jahren geführt. Sie war eine sehr dünne Frau, Mitte 50 mit grauen langen Haaren und sehr unfreundlich. Es heißt, sie wollte das Café mit ihrem damaligen Mann führen, da sie keine Kinder bekommen konnten. Doch der Stress den dieses Café mit sich brachte, machte ihren Mann krank. Ein Jahr darauf verstarb er und Maria musste das Café alleine führen. Seit dem hegt sie einen Groll gegen jeden Besucher und das Café, kann es jedoch auch nicht aufgeben, da dies der Traum von ihr und ihrem Mann war.

Lia betrachtete gerade die abblätternden, goldenen Buchstarben, als sie eine Spiegelung in der Scheibe sah. Ein Mann, etwa in ihrem Alter, stand an der anderen Straßenseite und blickte sie, oder vielmehr das Goldene Kännchen, an. Lia versuchte in der Scheibe sich sein Gesicht genauer anzuschauen. Er war ihr völlig unbekannt und wirkte so, als ob er nicht in diese Gegend gehörte. Sie drehte sich Neugierig um und erschrak, als sie Theo ein paar Meter vor sich entdeckte. Er winkte ihr schon von weitem zu. Seine Schritte wurden schneller und kurze Zeit später stand er breit grinsend vor Lia.

„Hi, hast du schon lange gewartet? Es ist schön dich zu sehen.“, fing er direkt an zu reden.

„Nicht allzu lange. Ich bin auch gerade erst angekommen.“, sagte Lia schüchtern.

„Dann lass uns mal hinein gehen.“

Mit aufrechtem Gang ging Theo zur Tür nur. Er hielt sie, ganz wie ein Gentleman, für Lia offen. Sie ließ ihn einen Tisch aussuchen und sich zuerst hinsetzen. Dieses Café weckte viele Erinnerungen in Lia. Sie saßen auf einer runden Bank mit rot-goldenem Muster und einem dunklen Holztisch. Dieser hatte schon einige Macken seiner vorherigen Gäste abbekommen. Jede Sitzecke hatte seinen eigenen Kaffeevollautomat. Man konnte sich bei Mrs. Mallert ein paar Bohnen bestellen sowie sämtliche Sirups als Zubehör, machte sich seine eigenen Kaffees und bezahlte am Ende das, was die Maschine anzeigte. Durch dieses Prinzip musste Mrs. Mallert nicht alle Gäste selber bedienen und jeder konnte sich seinen ganz individuellen Kaffee machen. Da natürlich Gebäck zum Kaffee nicht fehlen durfte, konnte Teig mit Ausstechförmchen ebenfalls erworben werden.

Das Kaffee war gut besucht. Auch Lia war damals oft mit ihrer Familie hier. Allen machte es Spaß, selber Kekse zu backen. Es war im Goldenen Kännchen meist lustiger als in anderen Kaffees in denen man sich nur bedienen lässt.

„Normale Bohnen?", fragte Mrs. Mallert knapp angebunden. Lia erschrak kurz durch ihre plötzliche Erscheinung und ließ Theo antworten. Denn schließlich wollte sie sich nicht zu viel erlauben beim ersten Date und gierig wirken.

„Ja bitte. Und einmal Teig würde ich sagen.", grinste Theo sie freundlich an und sah mit einem fragenden Blick zu Lia.

„Unbedingt."

Mrs. Mallert seufzte, verdrehte die Augen und ließ einen kleinen geflochtenen Sack mit Kaffeebohnen auf den Tisch fallen. Dann schlurfte sie davon, um den Teig zu holen.

„Die hat sich kaum verändert. Kaffee?", fragte Theo. Lia nickte. Theo rutschte auf der Bank näher zur Mitte, um besser an die Kaffeemaschine zu kommen. Er kippte die Bohnen in das obere Fach und machte sich daran zu schaffen, alles einzustellen.

Währenddessen beobachtete Lia ihn. Er hatte sich Mühe gegeben, ein schickes Outfit zu finden. Zumindest kam es Lia so vor, denn alles an ihm schien perfekt zu sein. Seine dunkelblauen Schuhe wirkten wie neu und unter seinem modischen Pullover mit leicht norwegischem Muster trug er ein stilvolles Hemd, welches Lia an den Armen und am Kragen erahnen konnte. Theos Arme und Schultern schienen noch muskulöser zu wirken, als bei ihrem Treffen vor wenigen Tagen. Seine dunkelblonden Haare scheinen trotz des windigen Wetters, oder gerade deswegen, gut zu liegen. Er schaffte es, alles an der Maschine einzustellen und diese fing leise an zu surren.

„So. Das hätten wir dann auch. Nun erzähl mal. Wie geht es dir?", fing Theo direkt an. Lia wurde etwas rot. Theo hatte sich auf dem Tisch nach vorne gebeugt und Lia merkte, dass seine ganze Aufmerksamkeit nur ihr gehörte. Verunsichert wich Lia seinem Blick aus.

„Wo soll ich denn da nur anfangen?" Sie lachte leise. Ihr Blick wanderte aus dem Fenster. Nach Worten suchend, die nicht allzu kindisch klangen, runzelte sie die Stirn.

„Kennst du diesen Mann?", fragte Lia bestürzt. Theo, verwundert über den plötzlichen Themenwechsel, beugte sich zu Lia, um aus dem Fenster sehen zu können. Sein Gesichtsausdruck wurde für kurze Zeit ernst. Dann sagte er zögerlich: „Nein. Er wartet sicher auf jemanden."

Kaum sprach Theo die Worte aus, drehte sich der Mann zur Seite und ging. Sein schwarzer Mantel flatterte hinter ihm her.

„Merkwürdig. Findest du nicht?", fragte Lia ganz in Gedanken.

„Ach nein. Er ist sicher ein Besucher in der Stadt und hat sich verirrt. Da tut es manchmal ganz gut, einen Moment stehen zu bleiben und sich zu orientieren. Oh, der Kaffee ist fertig.“

Es gab keine besonderen Attraktionen in Dorwich. Also musste dieser Mann etwas Bestimmtes, irgendjemanden Suchen oder war ein entfernter Verwandter, der noch nie hier gesehen wurde sein. Sie konnte es sich nicht erklären, doch der Mann rief in ihr ein merkwürdiges Gefühl aus. Eine Mischung aus Vertrautheit und Unbehagen. Ihr war, als hätte sie den Mann vor Jahren schon einmal gesehen. Konnte sich jedoch an keine Details erinnern. Er hatte lange schwarze Haare, die in seinen langen schwarzen Mantel über zu gehen schienen. Seine Augen waren schmal und schauten argwöhnisch umher. Lia war durch den Mann so abgelenkt, dass sie gar nicht bemerkte, wie die Maschine leicht zu Qualmen und Pfeifen begann. Theo nahm eines der goldenen Kännchen und just in dem Moment lief warmer Kaffee in sie hinein.

„Gerade noch rechtzeitig.“, kicherte Lia, der ein wunderbarer Geruch in die Nase stieg und wieder gedanklich zu dem Date zurückkehren wollte. Mrs. Mallert schlich durch den Laden, um den Tisch neben ihnen abzuräumen und ließ nebenbei einen klumpen Teig auf den Tisch fallen.

„Dann wollen wir uns mal etwas schönes zaubern.“ Theo halbierte den Teig und fing an auf seiner Hälfte herum zu Boxen. Lia musste lachen und stellte die zusätzlichen Materialien wie Schokostreusel, Lebensmittelfarbe, Zuckerschrift, Mandeln, Nüsse und alle Arten bunter Zuckerperlen auf den Tisch.

„Was machst du denn da?", fragte sie ungläubig.

„Na irgendwie muss ich den Teig doch formen.", antwortete Theo mit gepresster Stimme, da das kneten ihn ziemlich viel Kraft kostete. Seine Finger fingen an zu beben vor lauter Drang, den Teig gefügig zu machen.

„Aber doch nicht so. Hast du denn alles wieder vergessen?" Lia sah Theo verdutzt an. Und Theo schaute verwundet und ungläubig zurück.

„Der Teig kommt aus dem Kühlschrank. Wenn du jetzt versuchst, ihn zu formen, wird er in lauter kleine Stücke zerbröseln. Halte ihn einfach ein paar Minuten in der Hand, dann wird er weicher." Lia nahm eine kleine Kugel Teig ab und hielt sie verborgen zwischen ihren Händen. Theo machte es ihr nach.

„Da bin ich wohl tatsächlich etwas aus der Übung. Aber genug von mir Tollpatsch, erzähl mir lieber mehr von dir."

Lia fing an zu erzählen. Über den letzten Moment, an dem sie sich gesehen hatten, darüber, wie sie ihre beste Freundin Leslie kennen gelernt hat. Wie anstrengend es war, sich in Vaughning einen Job zu suchen, um ihr Zimmer zu bezahlen. Ihre Eltern gaben ihr zwar etwas Geld nebenbei, aber Lia wollte auf eigenen Beinen stehen. Bis zu dem jetzigen Zeitpunkt, in dem sie wieder bei ihren Eltern in dem alten Kinderzimmer wohnt.

„Und was ist mit dir? Du hast mit den anderen die Schule beendet und bist danach im Jugendheim gelandet?", endete Lia ihren Monolog, um nicht konstant im Mittelpunkt zu stehen. Doch Theo schien sie alles andere als langweilig zu finden und ignorierte die Frage.

„Und wie ist Leslie so? Hast du ein Bild von ihr? Kommt sie dich mal hier besuchen? Die Geschichte mit den Kaninchen klingt echt verrückt."

„Leslie ist...ich weiß gar nicht wie ich sie beschreiben soll.", Lia schmunzelte und rang nach Worten.

„Man muss die einfach getroffen haben. Sie ist ehrlich, verrückt und spontan. Mit ihr wird es einfach nicht langweilig. Sie ist ein bisschen das Gegenteil von mir.", gestand Lia ein und wurde direkt rot. Theo strahlte sie an und wollte etwas dazu erwidern, doch Lia fragte schnell: „Und wie geht es deiner Familie?"

Theos geöffneter Mund schloss sich wieder. Die zuvor noch leuchtenden Augen schlossen sich etwas und wurden matt. Lia hatte wohl einen wunden Nerv getroffen, denn auf einmal war die Stimmung unangenehm angespannt.

„Theo...ich...", fing Lia bereits an, um ersten Schaden wieder gut zu machen.

„Schon gut, Lia. Du kannst es ja nicht wissen. Mein Bruder ist betrunken Auto gefahren und hatte einen Unfall. Seit dem ist es schwer für meine Eltern und mich.", sagte Theo mit gesenkter Stimme. Geistesabwesend starrte er auf seine teigigen Hände. Lia drehte sich der Magen um. Sie wusste schon immer, dass es Probleme mit Theos Bruder gab, doch hätte sie von diesem Schicksalsschlag gewusst, hätte sie einen großen Bogen um das Thema gemacht. Lia streckte eine Hand aus und wollte Theo über den Arm streichelt, doch er erschrak so stark, dass er zurückzuckte und mit dem Ellenbogen gegen die Rückwand der Sitzecke knallte. Ein lauter Schlag wie gegen eine Trommel hallte durch den Raum und für einen kurzen Moment schienen alle im Goldenen Kännchen zu ihnen zu schauen.

Lia merkte, wie das Date zu entgleiten schien. Hastig bemüht eine gute Stimmung wieder aufkommen zu lassen, nahm sie die Schokostreusel in die Hand.

„Also was machen wir alles in unsere Kekse? Ich würde vorschlagen alles. Etwas Schokolade, Mandeln und Nüsse haben noch einem geschadet.", versuchte sie möglichst freundlich zu Lachen und drückte Theo die Nüsse in die Hand.

„Alles kann rein, außer Nüsse. Dagegen bin ich doch allergisch."

„Ohje. Das wäre ja ein tolles Ende unseres Dates gewesen", sagte Lia und knuffte Theo in die Seite. Dass sie das Treffen als Date bezeichnete und es auch noch offen aussprach, schien seine Laune zu heben. Er lächelte und widmete sich dem Durcheinander auf dem Tisch.

„Aber seit wann hast du das denn mit den Nüssen? Damals hast du doch immer gerne welche gegessen.", frage Lia.

„Och, das muss sich irgendwie mit der Zeit entwickelt haben. Welche Form sollen denn unsere Kekse haben?

„Ich würde vorschlagen, wir nehmen jede Ausstechform einfach einmal.", empfahl Lia. So hatte sie es damals schon immer mal machen wollen. Doch ihre Geschwister bestanden auf Routine und so hatte jeder seine Form. Lia hatte immer den Regenschirm.

„Oder...", fing Theo an, „ich habe eine bessere Idee." Er grinste verschmitzt, als könnte er die tolle Idee keine

Sekunde länger zurückhalten.

„Wie wäre es mit nur einem Keks, aber einem ganz großen. Und zwar einem Kaninchen mit einer Palme auf dem Rücken." Beide mussten laut lachen und wieder schauten alle Gäste zu ihnen.

„Du bist doch verrückt!", japste Lia nach Luft ringend.

So entstand ein riesiger unförmiger Keks, der nur mit viel Fantasie als Kaninchen zu erkennen war, mit einer bunten Palme auf dem Rücken. Da sie so lange für das Kunstwerk brauchten, mussten sie den Keks mitnehmen. Theo begleitete Lia nach Hause. Da es relativ frisch geworden ist, legte er ihr den Arm um ihre Schultern.

„Und wer bekommt jetzt das Sorgerecht für unser neues Haustier?", fragte Lia vor der Haustür und hielt den Keks nach oben.

„Ich würde sagen, wir teilen ihn.", sagte Theo in einer Stimmlage, die nach einer klugen Entscheidung eines Erwachsenen klingen sollte.

„Einverstanden."

Jeder der beiden nahm eine Ecke und sie versuchten ihn zu durchbrechen. Durch die ganzen Schokostreusel und den Sirup war der Keks jedoch so steinhart, dass sich beide sehr anstrengen mussten. Am Ende hatte Theo den Kopf des Kaninchens in der Hand und Lia den Rest.

„Das schreit nach einer Revanche. Mal schauen, ob ich das nächste Mal besser abschneide und ein größeres Stück bekomme.", verkündete Theo.

„Es wird ein nächstes Mal geben?", fragte Lia schüchtern. Es war ihr erstes Date gewesen seit langem und hatte es selten bis zu einem zweiten geschafft. Sie wusste nicht, wie man sich in so eine Situation verhielt. Natürlich kannte sie von Leslie viele Erzählungen darüber, dass wenn es nach dem ersten Date keinen Kuss gibt, das ganze kein gutes Ende nehmen kann. Doch vor Lia stand Theo, ihr bester Freund seit Jahren. Sie haben die gesamte Kindheit miteinander verbracht und doch schien er ihr jetzt fremd zu sein. Ein anderer Mann, der ihr interessant und geheimnisvoll vorkam. Theo schienen die gleichen Gedanken durch den Kopf gegangen zu sein.

„Also....", fing er langsam an und ging einen Schritt auf Lia zu.

„Danke für den schönen Nachmittag. Ich hatte sehr viel Spaß und wollte schon immer mal wieder in dieses Café gehen und...", Lia merkte, dass sie vor Nervosität zu plappern anfing und hörte schnell auf zu reden. Theo war ihr nun so nah, dass sie einen Atem auf ihrem Gesicht spürte. Lia schien wie zu Stein geworden und bewegte sich keinen Millimeter. Er hob eine Hand und strich ihr durch die Haare. Lia genoss das Gefühl, hatte jedoch Schwierigkeiten, es einzuordnen. Sie wartete auf das erhoffte Kribbeln, doch es blieb leider aus. Sie wollte so sehr, dass er sie küsste, aber irgendwas schien falsch daran zu sein. Theo schloss die Augen und zog ihr Gesicht an seines heran. Panischer werdend versuchte Lia ihren Körper zu beruhigen. Sie nestelte an ihrer Jackentasche bis sie den Haustürschlüssel in der Hand hatte und lies ihn geräuschvoll zu Boden fallen.

„Ups. Ich Tollpatsch.", sagte Lia und löste sich aus Theos Griff. Sie bückte nach dem Schlüssel und sagte: „Also dann, vielen Dank nochmal. Ich hoffe wir können das bald wiederholen?"

Theo brauchte einen Moment, um sich wieder zu fangen.

„Ja klar. Ich schreibe dir einfach, dann machen wir was aus."

Immer noch ungläubig den Kopf schüttelnd, hob er die Hand zur Verabschiedung und ging.

„Theo?", rief Lia von Schuldgefühlen geplagt über ihre uncharmante Abfuhr.

„Ja?", sagte er und drehte sich hoffnungsvoll zu ihr um.

„Komm' gut nach Hause."

„Mache ich.", sagte Theo. Sie lächelte ihm entschuldigend zu und seinem Gesichtsausdruck nach zu folgen, hatte er ihr längst verziehen.

Lia stand an der Eingangstür und sah Theo die Straße heruntergehen, bis er um eine Ecke bog und verschwand. Sie starrte noch einen Moment gedankenverloren auf die Stelle, als eine Bewegung in ihrem Augenwinkel ihre Aufmerksamkeit auf sich zog. Sie schaute in die Richtung, in der sie dachte, etwas gesehen zu haben. Es begann bereits zu dämmern und im Schatten der Bäume konnte sie nichts genaueres erkennen. Sicherlich hatte sie sich das nur eingebildet. Sie schloss die Tür auf und genoss für einen Augenblick das Geräusch der Ruhe des Hauses. Als sie plötzlich merkwürdige Geräusche hörte. Es klang als würde jemand Kisten durchsuchen oder Möbel verrücken.

Lauschend stieg sie die Treppe hoch. Die Geräusche schienen aus Josefines Zimmer zu kommen. Lia klopfte an die Zimmertür.

„Josefine? Alles in Ordnung?", fragte Lia beunruhigt.

„Alles bestens.", antwortete ihre kleine Schwester. Lia öffnete vorsichtig und langsam die Tür. Jonah lag in Josefines Zimmer auf dem Bett.

„Ohje ist alles in Ordnung?", japste Lia und steuerte hektisch auf ihren Bruder zu.

„Pssst. Er schläft.", bekam die als Antwort.

„Wieso schläft er denn so früh und in deinem Zimmer?", fragte Lia flüsternd.

„Wir haben und unterhalten und dann ist er wohl eingeschlafen." Josefine zuckte unbedeutend mit den Schultern und wandte sich wieder ihrem Schreibtisch zu.

„Was liest du denn da?"

„Ach nur was für Biologie.", wehrte sie ab. Lia sah sich noch ein paar Sekunden um, konnte den Grund für das Poltern jedoch nicht erkennen. Warum sollte sie also weiter hier rum stehen? Wer weiß was sie da wieder gehört hat.

Sonne nach dem Regen

In dieser Nacht schlief Lia sehr unruhig. Sie hatte Alpträume über Theo, der ihr viel zu nah kam und sie bedrängte. Ihr Bruder bedrängte sie von der anderen Seite, doch auch mal Drogen zu versuchen und starrte sie mit irrem Blick an. Leslie schien eine neue Freundin zu haben und rief sie nicht zurück. Lia hatte das Gefühl, als würde jemand auf ihrer Brust sitzen und ihr die Luft abschnüren. Noch mit Augen zu, rang sie keuchend nach Luft.

„Ich habe frischen Organgensaft für euch gemacht.", strahlte Lias Mutter am Morgen danach alle der Runde nach an. Wie konnte sie nur so früh am Morgen schon so gute Laune haben?, fragte sich Lia. Sie selber saß von der Nacht geschlaucht am Tisch und versuchte das beklemmende Gefühl der Alpträume abzuschütteln. Auch Jonah schien nicht viel geschlafen zu haben. Lia merkte, dass er unruhig wirkte. Wechselte ständig seine Sitzposition und schaute ungewöhnlich oft auf sein Handy. Beim Blinzeln zog er die Augenbrauen nach oben, als müsse er sich bemühen, seine Augen offen zu halten.

„Oh, du bist die Beste.", grinste Josefine breit zurück.

Sie sah wie jeden morgen aus, als hätte sie den besten Schlaf seit Jahren gehabt. Keine Augenringe oder irgendwelchen müden Fältchen konnten ihr Gesicht belagern. Lias Mutter Elisabeth sah fragend und erwartungsvoll umher.

„Ich glaube, die Hälfte der Familie hat nicht ganz so gut geschlafen, mein Liebling.", murmelte Lias Vater mit einer Scheibe Honigbrot in der Hand hinter seiner Zeitung hervor. Sie ließ sich auf den letzten freien Platz am Tisch fallen und schaute besorgt drein. Lia schenkte ihr ein halbherziges Lächeln.

„Das wird schon wieder. Vielleicht gehe ich gleich einfach ein bisschen spazieren und dann bin ich auch wieder frisch.", schlug Lia vor. Jonah stand auf und wollte los zur Schule.

„Kommst du, Jose?", fragte er seine Schwester.

„Heute nicht. Du weißt doch, ich werde von Julien abgeholt.", antwortete Josefine und wurde tatsächlich ein bisschen rot.

„Wer ist denn Julien?", fragte Lias Vater neugierig und legte die Zeitung beiseite.

„Nun lass sie schon.", griff Lias Mutter schmunzelnd ein und stieß ihrem Mann spielerisch zur Seite. Es klingelte.

„Oh, das wird er wohl sein. Ich bin dann mal weg.", quietsche Josefine bemüht, sich nichts anmerken zu lassen.

„Können wir nicht zusammen gehen? Ich habe keine Lust alleine...", versuchte Jonah einen letzten Anlauf. Doch Josefine verdrehte die Augen, warf ihm einen ernsten Blick zu und war schon zur Tür raus.

„Ich begleite dich.", reagierte Lia schnell und beeilte sich ihre Schuhe anzuziehen.

Draußen an der Straße liefen die beiden einige Minuten schweigend nebenher.

„Und was gibt es sonst so Neues?", fragte Lia betont lässig. Doch Jonah war nicht gerade der Gesprächigste und durchschaute die Absichten seiner Schwester sofort. Als Antwort auf die Frage zuckte er nur mit den Schultern.

„Du hast wohl auch nicht so gut geschlafen?", bohrte Lia weiter.

„Nein.", antwortete er knapp. Langsam gingen Lia die Fragen aus, um ihn zum Reden zu beginnen.

„Und wie läuft es so...", fing Lia an und durchsuchte ihren Kopf nach einem nicht ganz so verzweifelt klingenden Ende der Frage. Jonah blieb stehen und sah seine Schwester an. Sie waren jetzt fast bei der Schule.

„Lia, wenn du was bestimmtes wissen willst, dann frag' einfach.", sagte er mit fester Stimme. Lia fasste sich ein Herz und atmete tief ein.

„Letztens, als du Nachts raus gegangen bist, bin ich dir gefolgt.", sie kniff die Lippen aufeinander angespannt, wie Jonah darauf reagieren würde.

„Du bist was?!", fauchte er ihr entgegen.

„Hör mal, ich mache mir Sorgen um dich."

„Was hast du gesehen?", fragte Jonah leise mit Nachdruck.

„Dich und ein paar Freunde und...wenn du Drogen nimmst oder so, dass kannst du mir das ruhig sagen. Wir finden dann schon eine Lösung...", versuchte Lia ihre Gedanken zu formulieren und ging einen Schritt auf ihn zu. Jonah schlug die Hände hinter dem Kopf zusammen und schaute zum Himmel. Mit geschlossenen Augen atmete er mehrmals tief durch.

„Ich nehme keinen Drogen.", sagte er langsam.

„Aber was machst du denn dann da? Du musst doch nachts schlafen. Ich sehe doch wie müde du bist. Das ist nicht gut für dich...", plapperte Lia immer weiter.

„Du verstehst das nicht. Ich muss dahin gehen.", antwortete Jonah resigniert.

„Wieso musst du das? Wirst du erpresst?", riet Lia ins Blaue, um sich sein Verhalten zu erklären.

„Nein. Ich mache das freiwillig. Versprich mir bitte, dass du mir nicht mehr nachspionierst.", flehte Jonah sie an und Lia meinte, Tränen in den Augen ihres Bruders zu sehen.

„Sag' mir doch einfach was los ist.", startete Lia einen letzten Anlauf.

„Es tut mir Leid, dass du schlecht geschlafen hast. Ich kann nicht. Es ist besser für dich.", sagte Jonah und ließ Lia stehen.

„Was hat das denn damit zu tun? Ich bin doch deine Schwester...", rief Lia ihm verzweifelt nach, doch Jonah lief weiter.

Lia stand noch einen Moment wie angewurzelt ein paar Meter von der Schule entfernt und war sprachlos. Zu dem einengenden Gefühl von letzter Nacht machte sich nun Trauer in ihr breit. Wo war nur ihr kleiner Bruder hin, den sie auch ohne Worte verstehen konnte? Beide hatten eine so starke Verbindung und nun schien ihr eigener Bruder sie von sich weg zu stoßen. Lia wollte nur helfen und für ihn da sein. Er wollte stark und erwachsen sein, doch das war Jonah in ihren Augen noch lange nicht. Lia musste schwer Schlucken, um die Tränen in ihren Augen nicht zum Ausbrechen zu bewegen. Sich Luft zu wedelnd sah Lia um sich, ob sie für sich alleine war. Sie mochte es nicht zu viele Gefühle in der Öffentlichkeit zur Schau zu stellen.

Sie fühlte sich hilflos, da sie scheinbar mit keinen Worten zu ihrem Bruder durchdingen konnte. Er hätte sie damals nie so stehen gelassen, wenn er merken würde, wie schlecht es ihr ging. Beide hatten sonst eine Verbindung, die ohne Worten und Taten funktionierte. Lia hatte Angst, dass dieses Band nun langsam zerbrach, wenn sie nicht bald einen Zugang zu ihm fand. Das letzte Mal, als sich Lia so gefühlt hatte, hatte sich Mirijams Eltern getrennt. Die Zeit war schwer für die beiden Freundinnen. Rick war in diesem Moment der Einzige, der Mirijam halt geben konnte. Er war da, als Lia es anscheinend nicht konnte. Doch Mirijam hatte noch weitere Freunde. Soweit Lia wusste, hatte Jonah niemanden sonst. An dem Abend im Park waren zwar ein paar Jungs, doch waren das wirklich seine Freunde?

Ratlos, was sie den Rest des Tages machen sollte, sah sie auf ihr Handy. Sie hatte eine Nachricht von Theo bekommen.

„Gestern war schön. Hoffe wir können das bald mal wiederholen.“

Lia musste lächeln. Diese Nachricht kam genau im

richtigen Moment. Trotz ihres peinlichen Versuches, den Kuss geschickt abzulehnen, hatte sie Theo anscheinend doch nicht vergrault. Mit einem Blick auf die Uhr beschloss sie spontan zum Jugendheim zu fahren. Sie wollte Theo gerne wieder sehen. Er hatte bestimmt Zeit, um sich kurz mit ihr zu unterhalten. Von ihren uneindeutigen Gefühlen abgesehen, war er damals ihr bester Freund gewesen und konnte sie sicherlich aufheitern. Vielleicht hatte er auch die Möglichkeit, sich mal mit Jonah zu unterhalten. Von Mann zu fast Mann.

Ein paar Meter weiter war eine Bushaltestelle, auf die Lia, in sich hineinlächelnd, zielstrebig zusteuerte. Sehr spät bemerkte sie erst, dass ein Mann an der Haltestelle saß, der sie offenbar schon die ganze Zeit aus dem Augenwinkel heraus beobachtete. Ertappt drosselte Lia das Tempo ihrer Schritte und versuchte sich möglichst unauffällig zu verhalten. Sie hatte das Gefühl, als würde der Fremde sie mustern. Kannte sie ihn irgendwo her? Mit einem zufällig aussehenden Blick über die Schulter, sah Lia in das Gesicht des Mannes und lächelte freundlich. Sie hatte den Mann tatsächlich schon einmal gesehen. Diese strahlend blauen Augen zwischen dem Gewirr aus dunklen Haaren würde sie nicht so schnell vergessen. Es war der Mann, den sie bei dem Date mit Theo schon gesehen hatte. Der Bus kam und der Mann ließ Lia zuerst einsteigen. Sie setzte sich direkt neben die Tür und der Mann ging weiter nach hinten durch.

Als Lia beim Jugendheim ausstieg, brach ein kräftiger Sonnenstrahl durch die dunklen Wolken hindurch. Gleichzeitig fielen ein paar warme Tropfen warmer Sommerregen auf sie hinab. Lia lachte laut auf vor Freude und streckte die Arme aus, um kurz Inne zu halten und den Moment zu genießen. Als der Regen kräftiger wurde, joggte sie los zum Jugendheim, bevor sie total durchnässt war. Drinnen schüttelte sie den Regen etwas von ihrer Kleidung und kontrollierte kurz im Spiegel ihre Frisur. Dann ging Lia los und suchte Theo. Aus einem Raum weiter hinten konnte sie seine Stimme hören.

„Ich weiß. Du musst durchhalten. Bald wird es geschafft sein und dann gehörst du nur dir.", hörte sie Theo sagen. Lia näherte sich vorsichtig der Tür um nicht zu stören. Theo saß auf einer Ecke seines Schreibtisches. Sein Gesicht war angespannt und ernst. Lia klopfte leise und steckte den Kopf durch die Tür.

„Ich muss jetzt auflegen.", beendete Theo das Telefonat.

„Lia.", sagte er strahlend und sein Gesicht hellte sich schlagartig auf. Mit geöffneten Armen ging er auf sie zu.

„Störe ich?", fragte Lia.

„Du? Du störst mich niemals, Liebes.", lachte Theo und nahm sie selbstbewusst in den Arm. Lia genoss die Umarmung und legte den Kopf an seine Schulter.

„Ist alles denn gut? Das schien ein erstes Gespräch gewesen zu sein...", fing sie an. Doch Theo wehrte ihre Bemerkung mit einer Handbewegung ab.

„Einer der Jugendlichen hat ein Alkoholproblem und ich helfe ihm dagegen anzukommen. Ich will für jeden einen Halt in ihrem Leben bieten. Deswegen bin ich immer rund um die Uhr erreichbar."

„Ist das nicht anstrengend, sich ständig um so viele Jugendliche Gedanken und Sorgen zu machen?", hakte Lia nach.

„An manchen Tagen ist es anstrengend, ja. Aber die meisten haben niemanden abgesehen von mir. Ich liebe meinen Job und könnte mir nicht vorstellen etwas anderes zu tun.", sagte Theo. Lia hatte zum ersten Mal das Gefühl, als würde Theo ihr offen und ehrlich antworten. Sie bewunderte ihn. Er opferte seinen Freiraum fremden Problemkindern, die seine Hilfe brauchten ohne dafür etwas zu verlangen. Er war zweifellos einer der selbstlosesten Menschen, die Lia je kennen lernen durfte.

„Aber reden wir nicht von mir.", griff Theo ein, als könnte er in Lias Augen ihre Gedanken sehen. „Ich freue mich, dass du hier bist. Wie komme ich zu der Ehre?"

„Ich hatte einfach Lust dich zu sehen.", sagte Lia. Sie legte den Kopf schräg und lächelte ihn von der Seite an. Sie flirtete mit Theo. Was war nur los mit ihr? Sie wollte ihn doch als Freund besuchen und sich nicht in ein neues Schlamassel stürzen. Theo strahlte sie verschmitzt an. Dann, als ob Lia wachgerüttelt worden war, sagte sie: „Obwohl, eigentlich nicht nur. Ich habe mich mit Jonah gestritten. Ist dir in den letzten Tagen etwas an ihm aufgefallen?"

„Oh, eigentlich nicht.", sagte Theo nachdenklich und kratze sich abwesend am Hals. Lia folgte mit den Augen seiner Hand. „Ich kann aber gerne mal versuchen, mit ihm zu reden.", schlug er vor und sah Lia tief in die

Augen.

„Das wäre super. Danke.“, flüsterte Lia. Einen Moment herrschte vollkommene Stille zwischen ihnen. Lia konnte das Ticken der Uhr und den Regen, der gegen die Scheibe prasselte, hören. Langsam näherte sich Theo ihr und legte eine seiner Hände auf ihre Taille.

„Theo, das geht nicht.“, sagte Lia und drehte den Kopf zur Seite.

„Warum nicht?“, hauchte er ihr entgegen. „Sieh mich an, Lia. Ich bin es.“

Er nahm mit der anderen Hand ihr Kinn und hob es, bis sie ihm in die Augen sah.

„Du bist mein bester Freund und…“, fing sie an. Seine Augen waren so tief. Sie konnte nicht erkennen, welche Farbe sie hatten, so sehr schien sie von ihm als ganze Person angezogen zu werden. Sie konnte sich nicht dagegen wehren. Lia schloss die Augen.

„Warum können wir nicht mehr sein?“, wisperte Theo so leise, dass sie die Worte nur erahnen war. Ihre Lippen waren seinen nun so nah, dass sie die Kontrolle über sich verloren hatte. Theo küsste sie. Lia spürte seine Wärme und ließ sich fallen. Sie lösten sich voneinander ein paar Zentimeter und Lia musste kichern.

„Ich freue mich, dass du vorbei gekommen bist.“, sagte Theo. Sein lächeln war verschwunden. Er meinte die Worte ernst. Lia wusste nicht, was sie daraufhin sagen sollte. Sie wusste nur, dass sie diesen Moment nicht enden lassen wollte. Ein Rumpeln aus einem anderen Raum ließ die beiden aufschrecken.

„Das ist dann wohl mein Stichwort.", sagte Lia und bewegte sich Richtung Tür. Theo zwinkerte ihr zum Abschied zu und Lia kicherte erneut. Mit federndem Gang ging sie den Flur entlang und stieß die Tür nach draußen auf. Noch immer von dem Moment benebelt, schlug ihr die kalte Luft hart ins Gesicht. Sie kniff die Augen vor der Sonne zu und atmete tief. Doch anstatt sich mit jedem Atemzug glücklicher zu fühlen, geschah genau das Gegenteil. Sie fühlte sich schlecht. Was hatte sie nur getan? Sie hatte ihren besten Freund geküsst und mit ihm geflirtet. Dabei wollte sie doch eigentlich mit Theo über Jonah reden. Sie fühlte sich nicht wie sie selbst in der Situation. Wie hatte sie sich nur auf so etwas einlassen lassen können? Sie wusste nicht, was sie für ihn fühlte und wollte nicht, dass er sich falsche Hoffnungen machte. Lia setzte sich auf die nächste Bank und zog die Knie heran. Ihren Kopf vergrub sie in ihren Händen. Sie fühlte sich schlecht. Ihr war kalt und sie hatte ein unbehagliches Gefühl im Bauch. Langsam füllten sich ihre Augen mit Tränen. Was war nur los mit ihr? Sie müsste doch glücklich sein und nun weinte sie in der Öffentlichkeit.

Zitternd und noch immer den Kopf vergraben hörte sie, wie es wieder zu regnen begann. Doch der Sonnenschein blieb diesmal aus und Lia fing heftig an zu zittern. Sie spürte den Wind über ihre Arme gleiten.

Sie wusste nicht, wie lange sie so da saß. Nach einiger Zeit bemerkte sie, dass sie gar nicht nass wurde. Der

Regen war so stark, dass sie bis auf die Haut durchnässt hätte sein müssen. Langsam und mit verschmiertem Make Up hob Lia langsam den Kopf. Neben ihr, viel zu nah, sah sie einen langen schwarzen Mantel. Vorsichtig wanderte Lia mit den Augen den Mantel entlang nach oben. Es war der Mann, den sie schon vorher an der Haltestelle getroffen hatte. Er stand neben ihr, hielt einen Schirm über Lia und blickte starr gerade aus. Er bewegte sich kein Stück und wirkte daher fast wie eine Statue. Lia wusste nicht was sie machen sollte.

Ein ihr bisher unbekanntes Gefühl machte sich in ihr breit. Eine Mischung aus Angst und Unbehagen, jedoch auch eine tiefe Ruhe und ein Vertrauen zu dieser fremden Person, wie sie es bisher noch nicht gespürt hatte. Das Gefühl breitete sich schnell und elektrisierend aus. Sollte sie aufstehen und weg gehen? Sich bedanken? Wer war dieser Mann? Musste sie Angst vor ihm haben und warum war er hier bei ihr? Vielleicht war er ein Stalker, schoss es Lia augenblicklich durch den Kopf. Seine Anwesenheit schien sie zu lähmen. Lia hörte auf zu weinen und fast zur gleichen Zeit stoppte auch der Regen. Der Mann klappte seinen Schirm zu und ging ohne ein weiteres Wort.

„Ähm.", sagte Lia ihre Worte wieder findend und unschlüssig, ob und was sie ihm hinterherrufen sollte. Doch der Mann war schon zu weit entfernt. Was für ein verrückter Tag, dachte Lia und versuchte sich die verlaufene Schminke weg zu wischen. Das ungute Gefühl in ihrem Magen war noch nicht vollkommen verschwunden, dennoch milder. Sie wollte das Gefühl noch länger festhalten. Es genießen, auskosten und verstehen. Obgleich das Gefühl sich mit der Distanz zwischen ihr und dem Mann zu verflüchtigen schien, bis es weg war. Zum dritten Mal an diesem Tag fühlte Lia sich auf unterschiedliche Arten traurig. Nach dem Gespräch mit Jonah war sie verzweifelt, dem Kuss mit Theo überrumpelt und sauer und nun fühlte sie sich einsam. Fast verlassen von einem Mann, den die gar nicht kannte.

GRÜNER DAUMEN

Sie brauchte dringend jemanden, der sie aufmunterte und sie wusste auch schon genau wer.

„Wird auch mal Zeit, dass du dich meldest!“, schrie ihr Leslie durch das Telefon entgegen.

„Entschuldige. Hier war viel los…“, fing Lia an, doch Leslie unterbrach sie.

„Du musst mir alles sofort erzählen. Hat es was mit diesem Typen zu tun?“, riet Leslie und traf direkt den wunden Nerv. Lia stand auf und schlenderte nach Hause.

„Les, frag gar nicht erst. Erzähl’ mir lieber von dir. Ich brauche Ablenkung.“, resignierte Lia.

„Ohoh, was hat er gemacht? Muss ich vorbei kommen und mir ihn vorknöpfen?“, hakte Leslie nach, anstatt das Thema auf sich ruhen zu lassen. Lia musste bei der Vorstellung kichern, wie sich Leslie vor Theo aufbauen würde. Leslie bemerkte, dass Lia nichts darauf erwiderte.

„Hier ist es toll. Es war eine gute Idee, mich für Schauspiel im Hauptfach zu entscheiden. Obwohl es mit dir sicherlich noch viel toller wäre.“

„Schauspiel?“, fragte Lia nach und musste lachen.

„Lach' nicht!", entgegnete ihre beste Freundin entrüstet. „Es ist echt interessant. Man lernt viel über sich selber...", fing Leslie an.

„Und der wahre Grund?"

„Hier ist so ein Typ, der total süß ist..." Lia prustete los vor Lachen.

„Lass' uns auch bitte nicht über Typen sprechen."

Leslie seufzte. „Du machst es einem aber auch nicht leicht, sich mit dir zu unterhalten. Wann kommst du denn her und studierst endlich mit mir?", fragte sie fast beleidigt.

„Ich weiß es nicht. Ich weiß ja noch nicht mal, was ich studieren soll oder ob ich überhaupt studieren will. Vielleicht mache ich auch ein Auslandsjahr.", überlegte Lia laut.

„Mir ist egal, was du machst Hauptsache, wir sehen uns wieder öfter. Dieses telefonieren ist echt anstrengend.", fauchte Leslie ins Telefon.

„Du verhältst dich schon so, als ob wir beide in einer Beziehung sind.", witzelte Lia.

„Ja meine Liebe, das sind wir ja auch vielleicht. So ich muss jetzt Essen für dich kochen und das du mir nicht zu spät nach Hause kommst. Und vergiss nicht, mir Blumen mit zu bringen.", sagte Leslie nicht aus ihrer Rolle fallend und legte auf. Lia war für einen Moment so überrascht über diese spontane Reaktion, dass sie ein paar Minuten brauchte um zu lachen. Augenblicklich erhielt sie eine SMS von Leslie.

„Schauspiel meine Liebe"

Lia musste daran denken, wie sie Leslie kennen gelernt hat. Es war der erste Tag an der neuen Schule. Lia hatte nicht, wie alle anderen Schülerinnen und Schüler, schon ein paar Tage eher ihr Zimmer in dem nahe gelegenen Wohnheim eingerichtet. Sie konnte sich nur unter Tränen an dem Morgen von ihrer Familie trennen und fuhr schon früh los in die fremde Stadt, in der sie nichts und niemanden kannte. Mit ihrem Habseligkeiten noch im Auto, stand sie überpünktlich vor dem Klassenraum, bereit für die erste Stunde. Langsam kamen immer mehr Schüler in kleinen Grüppchen, doch niemand schien sie zu beachten. Verzweifelt überlegte Lia, ob sie etwas anderes hätte anziehen sollen und ob sie überhaupt richtig war. Sie beobachtete eines der Mädchen aus dem Augenwinkel. Sie schien von allen Mädchen hier das sagen zu haben. Lia war kein sehr präsenter Mensch. Sie freundete sich meist mit den leisen, grauen Mäuschen an und schwamm mit dem Strom. Sie verstand nicht, warum man sich in den Mittelpunkt spielen musste, wenn man mit sich selber zufrieden war. Und doch faszinierten sie diese Mädchen.

Schnell hörte sie, dass dieses Mädchen mit den langen, wilden lockigen Haaren Leslie hieß. Sie zwinkerte einigen Jungs zu, die sich so positionierten, dass sie einen guten Blick auf sie hatten. Die Mädchen um Leslie herum hingen an ihren Lippen und wollten alles von ihr erfahren und am liebsten genau so sein wie sie. Dieses Verhalten widerte Lia an. Sie könnte nie mit so einem Menschen wie Leslie befreundet sein. Leslie bettelte nicht mal um Aufmerksamkeit, sie schien damit überschüttet zu werden. Der Lehrer, welcher erstaunlich

groß und schlank war, schloss die Tür auf und die Schülerinnen und Schüler strömten herein. Lia setzte sich
etwas weiter in den hinteren Bereich. Ihre Mutter hatte
ihr zur Abfahrt eingeschärft, dass sie sich nach vorne
setzen solle, um direkt einen selbstbewussten Eindruck
zu hinterlassen. Aber so selbstsicher war Lia nicht. In
der ersten Reihe konnte sie Leslie sehen, umringt von
der Schaar Bewunderer. Die erste Stunde Evangelische
Religion begann und Lia verscheuchte Leslie aus ihren
Gedanken.

In der ersten Mittagspause am ersten Schultag schien
das Schulgebäude wie ausgestorben. Lia hatte bis auf
zwei Smalltalks noch mit keinem geredet und schlenderte durch die verlassenen Flure. Sie konnte sich nur
vorstellen, wo ihre Mitschüler sich gerade aufhielten,
hatte aber keine Lust ihnen uneingeladen hinterher
zu rennen. Sie nahm ihr Handy und rief zu Hause an.
Selten freute sie sich so sehr die Stimmen die Stimmen
ihrer Familie zu hören, obwohl sie gerade mal fünf
Stunden von zu Hause weg war. Sie waren die Einzigen,
die ihr im Moment halt gaben. Unschlüssig, wo sie ihr
Käsebrot essen sollte, suchte sie den nächsten Klassenraum, um sich davor zu setzen. Zu ihrer Verwunderung
saß Leslie nicht weit entfernt von ihr alleine an eine
Säule gelehnt. Lia vermied es bewusst, sie anzuschau-
en und ging an Leslie vorbei. Hinter sich hörte sie einige Schritte und der Lehrer aus ihrer ersten Stunde
erschien. Lia beobachtete, wie Leslie eilig aufsprang
und den Lehrer ansprach. Lia konnte nicht verstehen,
worüber sie sprachen, aber beide schienen zu lachen

und sich fast freundschaftlich zu unterhalten. Leslie
war also nicht nur bei den anderen Schülern beliebt,
sondern auch bei den Lehrern.

Lia sah nach einiger Zeit auf ihre Uhr und stellte fest,
dass die nächste Stunde eigentlich schon längst hätte
beginnen müssen. Panisch, dass sie zu spät kommen
würde weil sie vor dem falschen Raum saß, durchwühl-
te Lia ihre Taschen. Sie stand auf, sah auf die Raum-
nummer, dann wieder auf ihren Stundenplan. Sie
blickte den Gang hoch und runter. Sie war zur richtigen
Zeit am richtigen Ort doch niemand schien hier zu sein.
„Der Kurs fällt aus.“, sagte eine Stimme hinter ihr. Lia
drehte sich um und sah, dass Leslie mit ihr sprach.
„Woher weißt du denn das?“, frage Lia sichtlich skeptisch, ob sie Leslie trauen konnte.
„Drüben an der Stellwand hängen immer besondere
Mitteilungen. Da solltest du jeden Tag drauf schauen.“,
erklärte ihr Leslie und zeigte zu einer Wand am Ende
des Ganges.
„Oh, danke.“, sagte Lia und Schritt zügig auf die
Wand zu. Dort stand in großen Buchstaben, dass der
Kurs heute ausfällt. Deswegen waren alle Schüler wie
vom Erdboden verschluckt. Sie drehte sich um, lief an
Leslie vorbei die Treppen herunter auf dem Weg zu ih-
rem Auto. Auf der Hälfte der Treppe drehte sie sich zu
Leslie um.
„Warum gehst du nicht nach Hause?“, fragte Lia
nachdenklich.
„Ich muss auf den Bus warten. Und der fährt lei-
der erst nach dieser Stunde. Ich hänge also hier fest.“,

brummte Leslie.

„Wenn du willst, kann ich dich mitnehmen.", schlug Lia vor und biss sich sogleich auf die Zunge. Warum musste sie nur zu jedem immer freundlich sein? Sie wollte nicht mit Leslie befreundet sein, doch nun konnte sie ihr Angebot nicht mehr zurücknehmen.

„Ehrlich? Aber du kennst mich doch gar nicht.", bemerkte Leslie skeptisch.

„So bin ich halt. Immer freundlich.", erwiderte Lia. Leslie stand auf und lächelte ihr zu. Während sie die Treppe gemeinsam hinuntergingen, musterte Lia Leslie aus der Nähe. Sie wirkte wesentlich weniger selbstbewusst, als noch ein paar Stunden zuvor.

Nach ein paar Minuten Autofahrt kamen die beiden immer mehr ins Gespräch. Es stellte sich heraus, dass Leslie Einzelkind war und gar nicht weit weg von dem Wohnheim von Lia wohnte. Sie verabredeten sich noch an dem selben Tag und Leslie half Lia ihr Zimmer einzurichten. Von dem Tag an war Leslie jeden Tag bei Lia zu Hause, die beiden aber nie bei Leslie.

Lia musste unwillkürlich in sich hinein lachen, als sie sich daran erinnerte, wie sehr sie Leslie vom ersten Eindruck her verabscheute und nun war sie seit etwas mehr als drei Jahren ihre beste Freundin. Lia hätte nicht gewusst, wie sie ohne Leslie die drei Jahre hätte überstehen sollen. Sie kannte Leslie inzwischen besser, als jeden anderen.

Es hatte einen Grund, warum sie Leslie nichts von

dem unbekannten Mann erzählt hatte. Da Leslie keine Geschwister hat, versucht sie unbewusst auf Lia aufzupassen. Sie wollte nicht, dass sie sich wegen etwas Unnötigem den Kopf zerbrach. Bis jetzt hatte der Unbekannte ja auch noch nichts weiteres gemacht, als einen Schirm zu halten und sie vor dem Regen zu schützen. Kein Grund, sich weiter Sorgen zu machen. Er war sicherlich einfach nur ein netter, aufmerksamer und zuvorkommender Bürger. Vielleicht würde Lia ihn auch nie wieder sehen.

Zu Hause angekommen, wurde Lia mit einem herrlichen Duft empfangen. Lia wusste, dass ihre Mutter gekocht hatte, denn niemand sonst schaffte es, das Haus mit so viel Liebe nur durch Gerüche zu füllen. Und sie hatte recht. Der Tisch war voll gedeckt mit allen möglichen Herrlichkeiten. Pute, Kartoffeln, Auberginenschiffchen, Salat, selbstgebackenem Brot und aus irgendeinem Grund eine Schale voll Nüsse.

„Oh Lia, setz' dich und iss etwas, bevor alles kalt wird. Wir sind mit deiner Schwester heute ganz alleine und ich probiere ein paar neue Rezepte aus.", sagte ihre Mutter.

Das war typisch für sie, dachte Lia und setzte sich mit knurrendem Magen an den Tisch. Nach nur kurzer Zeit kam auch Josefine dazu und beide saßen schweigend und glücklich am Tisch, verspeisten alles, was sie konnten, bis ihre Bäuche zu platzen drohten und sahen ihrer Mutter beim Kochen zu. Sie war so in ihr Element vertieft, dass sie vor sich hin summte und nichts um sich herum wahrzunehmen schien. Josefine nahm eine

Blume vom Tisch, die aussah, als wären ihr die warmen Dämpfe zu viel geworden und betrachtete sie nachdenklich.

„Ist es nicht komisch, dass ich immer gut schlafe, obwohl ihr alle so schlecht schlaft?", fragte Josefine plötzlich leise und nachdenklich. Lia runzelte die Stirn.

„Darüber würde ich mich eher freuen, als nachzudenken.", sagte sie und grinste ihre Schwester an.

„Aber was ist, wenn ich euch helfen kann auch besser zu schlafen?", ließ Josefine nicht locker.

„Und wie willst du das machen? Hast du spezielle Atemübungen, die wir machen können?", Lia lacht leise bei der Vorstellung.

„Du nimmst mich nicht ernst.", sagte Josefine mit Nachdruck und schien tatsächlich verärgert.

„Du kannst doch nichts dafür, Jose, wenn ich schlecht schlafe. Bitte zerbrich dir darüber nicht den Kopf. Ich wüsste auch nicht, was du machen könntest...", sagte Lia und versuchte die Situation zu entschärfen.

„Ich kann mehr, als ihr alle denkt.", sagte Josefine leicht patzig und stand auf. Sie stellte die Blume auf den Tisch, die schon wesentlich gesünder aussah, als noch vor ein paar Sekunden. Lia wollte Josefine nachlaufen und nach ihr sehen, doch Jonah betrat die Küche. Er sah sich kurz um, entdecke Lia und ging ohne ein Wort auf sein Zimmer. Lia seufzte. Jetzt hatte sie es geschafft, ihre beiden Geschwister zu verärgern. Zum Glück hatte ihre Mutter nichts mitbekommen.

Schwerfällig vom vielen Essen ging Lia langsam die Treppe hoch in ihr Zimmer. Oben angekommen, schaltete sie das Licht an und setzte sich auf ihr Bett. Ihr Handy schrillte und zeigte eine Nachricht von Theo. Lia zögerte mit dem Lesen der Nachricht. „Schau' mal aus dem Fenster."

Lia stand auf, beugte sich nach vorne und blickte an der alten Eiche hinunter. Unten stand Theo, mit einem Picknickkorb in der Hand und blickte sie an. Lia öffnete das Fenster.

„Lust auf ein Dinner?", rief er zu ihr hoch. Lia drehte sich augenblicklich der Magen um, als sie an noch mehr Essen dachte.

„Das eher nicht. Aber vielleicht einen Spaziergang?", rief sie zurück. Eigentlich hatte sie keine Lust, Theo zu sehen. Doch vielleicht konnte sie mit ihm reden und ein paar Sachen klären.

„Ich nehme, was ich kriegen kann.", antwortete Theo grinsend. Lia schloss das Fenster. In der Spiegelung sah sie etwas merkwürdiges. Hinter Theo auf der anderen Straßenseite stand ein Mann mit langem schwarzen Umhang und er beobachtete Lia.

In runder Gesellschaft

Lia starrte wie gebannt aus dem Fenster und hielt den Atmen an. Theo rief von unten etwas zu ihr hoch, doch sie hörte ihn nicht. Es war der Mann von der Bushaltestelle. Er musste es sein. Sie kannte niemanden, mit solch einer Silhouette, der einen schwarzen Mantel trug. Was wollte er von ihr? Sie kniff die Augen zusammen, um den Mann genauer erkennen zu können. In der letzten Zeit, schien er immer wieder aufzutauchen. Das erste Mal vor dem Goldenen Kännchen, dann an der Haltestelle und nun hat er heute einen Schirm für sie gehalten.

„Hallllooo?", rief Theo leicht belustigt von oben hoch.

„Geh' nicht weg.", sagte Lia. Blickte dabei jedoch nicht Theo an, sondern den Fremden.

Hastig polterte Lia die Treppe hinunter und rannte dabei Josefine fast um.

„Hey!", meckerte sie empört. „Ich bin nicht aus Luft." Doch Lia ignorierte auch sie. Sie riss die Tür auf und spähte in die Richtung, in der sie das letzte Mal den Mann gesehen hatte.

„Da bist du ja...", fing Theo an, aber Lia lief so schnell an ihm vorbei auf den Schatten zu, dass sie fast anfing zu rennen. Doch in dem Schatten war niemand. Sie eilte ein Stück weiter und blickte hektisch, fast panisch die Straßen hinunter. Wo war er nur? Wieso entwischte er ihr immer?

„Was ist denn los mit dir?", fragte Theo mit zusammengezogenen Augenbrauen, als er bei Lia angekommen war.

„Ich...ich...", fing Lia stotternd an und blickte noch immer umher. „Ich habe hier einen Mann gesehen"

„Einen Mann?", fragte Theo verdutzt und musste kichern. „Und weil da ein Mann war, wolltest du so schnell zu ihm?"

„Nein, ich kenne ihn nicht. Also ich wollte zu ihm...", Lia wusste nicht, wie sie Theo die Situation erklären sollte. Sie war durcheinander. War der Fremde nun wirklich da, oder hatte sie sich ihn eingebildet? Lia wollte gerade nichts sehnlicher, als wieder in ihrem Zimmer zu verschwinden und etwas Zeit zum Nachdenken zu haben. Vielleicht wusste Mrs. Garris, wer der Mann war. Sie würde sie direkt morgen früh fragen.

„Hey, alles gut?", fragte Theo nun etwas besorgter, als er Lias versunkenen Gesichtsausdruck sah und legte ihr den Arm um die Schulter.

„Ja. Ja, es ist nur...ach ich weiß auch nicht. Vielleicht sollte ich einfach wieder ins Haus gehen und mich etwas ausruhen. Mir ist irgendwie ganz schwindelig...", startete Lia den Versuch, Theo freundlich aus dem Arm zu entkommen. Er gab ein enttäuschtes Geräusch von sich. Langsam, Arm in Arm, schlenderten sie zum Haus zurück. Vor der Tür angekommen sagte Theo: „Und du hast wirklich keine Lust auf einen Spaziergang?"

„Nein, wirklich. Vielleicht gerne ein anderes Mal.", erwiderte Lia. Theo stellte sich vor sie und nahm ihr Gesicht in die Hände. „Ich bin doch extra nur wegen dir hier." Lia merkte das bekannte Gefühl, wie ihre Knie weich wurden.

„So eine kleine Runde kann vielleicht ja nicht schaden...", fing Lia an, vollkommen in Theos Blick versunken.

„Alles, was du willst.", flüsterte Theo und näherte sich mit seinem Gesicht ihrem, als ein Lichtstrahl auf die Stufen vor dem Haus fiel. Einen Moment bewegte sich keiner. Dann hörte Lia ihre Schwester sagen: „Kommst du rein, Lia?" Doch ihre Stimme klang weit entfernt. Langsam, als würde Lia aus einem Traum aufwachen, kam sie gedanklich in die Realität zurück. Sie sah Theo viel zu nah vor sich und befreite sich aus seinem Griff.

„Lia sagte gerade, dass sie noch eine kleine Runde spazieren gehen wollte.", strahlte Theo und hielt Lia den Arm hin, damit sie sich einhaken konnte. Lia zögerte.

„Ich glaube, ich gehe doch lieber rein.", sagte sie zaghaft, in der Sorge Theo zu verletzen.

„Aber gerade sagtest du doch...", stammelte er verwirrt.

„Ich habe mich wohl anders entschieden. Wir sehen uns.", sagte Lia, drehte sich hastig um und ging ins Haus. Aus dem Augenwinkel sah sie, dass Theo noch immer verdattert an der gleichen Stelle stand und ihr nachstarrte.

„Danke. Du hast mich da gerade echt gerettet.", gestand Lia ihrer Schwester.

„Wenn du keine Lust auf Theo hast, hättest du doch einfach gehen können.", entgegnete sie pampig und verschränkte die Arme. Sie war noch immer sauer auf Lia.

„Eigentlich hätte ich das ja auch gemacht aber...", Lia holte tief Luft. „...irgendwas an ihm zieht mich an. Und wenn ich bei ihm bin, will ich auch nicht wieder weg.", gestand sie und lief rot an. Josefine konnte Lia nicht mehr böse sein. Nicht, wenn es um die Gefühle ihrer Schwester ging.

„Bist du etwa in ihn verliebt?", fragte Josefine ganz aufgeregt.

„Fühlt sich denn Liebe so an?", fragte Lia zurück, die noch nie vorher eine Beziehung hatte.

„Ich denke schon. Findest du ihn süß?"

Lia dachte an seine Augen, das offene Lächeln, die Muskeln und seinen aufmerksame Art und nickte kurz angebunden.

„Bist du gerne bei ihm?", bohrte Josefine doch ein Blick von Lia genügte.

„Und du willst immer am liebsten noch länger bei ihm bleiben? Das klingt alles nach verliebt sein.", quietschte Josefine und knuffte Lia in die Seite.

War sie das? War sie wirklich in Theo verliebt? In Lias Kopf explodierten tausende von Gedanken. Wie kommt es, dass sie manchmal nur zu ihm will und manchmal so schnell weg? Konnten das noch Nachwirkungen der Pubertät sein oder spielten ihre Hormone verrückt?

In dieser Nacht konnte Lia kein Auge zu machen. Sie

fühlte sich erschöpft, kam aber nicht zur Ruhe. Die Gedanken kreisten um Theo und alles, was sie über das Gefühl, verliebt zu sein, kannte. Sie versuchte, tief in sich hinein zu horchen und sich irgendwie anders zu fühlen. Erwachsener, vielleicht ein Stück reifer. Ihre Gedanken schweiften zu seinem spontanen Besuch heute Abend. Er wollte sie auch sehen. Sie bildete sich diese Verbundenheit also nicht ein. Dann erinnerte sie sich an den fremden Mann. Was wollte er von ihr und warum sprach er sie nicht an? Als die Sonne auf ging, hatte Lia dröhnende Kopfschmerzen. Doch sie war sich sicher: sie musste in Theo verliebt sein und der fremde Mann konnte nur ein Stalker sein. Ihr Plan für den heutigen Tag stand fest.

„Guten Morgen, Mrs. Garris", strahlte Lia der alten Frau entgegen und umarmte sie.

„Huch. Guten Morgen, Liebes. Nicht so stürmisch." Ihr warmes Lachen gab Lia immer wieder von Neuem das Gefühl von Geborgenheit. Mrs. Garris hielt sie auf Armeslänge von sich entfernt und schaute Lia an. Doch sie kannten sich lange genug, um den Anderen zu durchschauen.

„Erzähl' mir, was dich zu mir führt. Du kommst doch nicht einfach so schon vor dem Frühstück zu mir", sagte Mrs. Garris mit einem Zwinkern. Lia schaute verlegen auf ihre Füße. Sie wusste nicht recht, wo sie anfangen sollte.

„Also, ähm...", fing sie an und stieß einen kleinen Stein zur Seite. „Ich habe letztens, als ich durch die Straßen gelaufen bin, hier einen Mann gesehen, den ich nicht kannte. Wissen Sie vielleicht ob eine neue Familie hier irgendwo eingezogen ist? Oder ob von irgendwem der Enkel zu Besuch ist?" Lia wusste nicht, warum sie nicht die ganze Wahrheit erzählte. Sie fühlte sich verfolgt und beobachtet und brauchte Mrs. Garris nicht unnötig Angst einzujagen.

„Hm, jemand Neues?", überlegte sie laut. Lia konnte beobachten, wie sich zwischen ihren beiden Augen eine kleine Falte bildete, die überdeutlich anzeigte, dass Mrs. Garris wirklich nachdenken musste.

„Kannst du mir beschreiben, wie er aussah?", hakte sie nach.

„Groß. Mit langen Haaren und Bart. Seine Augen waren blau." Mrs. Garris schaute noch einen Augenblick gedankenverloren in die Ferne, doch Lia dachte, etwas in ihrem Blick erkannt zu haben.

„Sagt Ihnen diese Beschreibung etwas?", fragte Lia nervös, die es nicht mehr aushielt, noch länger zu warten.

„Hm.", sagte Mrs. Garris lediglich und zuckte mit den Schultern. „Mir fällt niemand ein, der so aussieht. Aber Leute verändern sich ja auch. Vielleicht kennst du ihn ja, hast ihn aber noch nie wahrgenommen." Lia schaute sie enttäuscht an.

„Manche Sachen ändern sich, wenn man offen für sie ist.", sagte Mrs. Garris poetisch.

Eine Woche lang hatte Lia den fremden Mann nun nicht gesehen. Sie versuchte nicht weiter an ihn zu denken, denn sie hatte ihn für sich als Stalker abgestempelt und mit solchen Leuten wollte sie nichts zu tun haben.

Dafür traf sie sich ein paar Mal mit Theo. Ihr Verhältnis hatte sich geändert. Lia hatte immer den Rat von Mrs. Garris im Kopf, sich einfach auf Theo einzulassen. Dies hatte bewirkt, dass beide zusammen viel Spaß hatten und Lia somit ihre erste Beziehung hatte. Ihre Eltern und alle, die sie kannte, freuten sich sehr für die beiden. Jeder mochte Theo leiden. So kam es, dass Lia und Theo sich beim jährlichen Sommerfest der örtlichen Schule mit Mirijam und Rick treffen wollten. Ein Doppeldate in der alten Clique löste in allen ein glückliches Gefühl aus.

Zum Sommerfest ging Lia mit Jonah und Josefine. Noch immer herrschte ein merkwürdiges Verhältnis zwischen ihnen. Jonah hatte auf Grund des wenigen Schlafes keine Lust mitzukommen und zeigte seine schlechte Laune offen. Josefine schien sich missverstanden zu fühlen. Sie wollte Jonah helfen, doch der ließ sie nicht an sich heran. Lia wollte ihre Ruhe und Zeit mit Theo haben. So schlurfte Josefine lustlos nebenher.

Vor dem Eingang an der runden Treppe stand Theo bereits und wartete auf sie. In der Hand hielt er eine einzige Blume mit einer weißen Blüte. Lia musste unwillkürlich anfangen zu grinsen und rannte die letzten Meter in seine Arme. Er hob sie hoch, machte eine halbe Drehung mit ihr in der Luft und küsste sie lange. In der Zwischenzeit verdrehten die Zwillinge die Augen und suchten nach ihren eigenen Freunden.

„Ich habe dich so vermisst.", flötete Lia.

„Wir haben uns doch gestern Abend zum Essen erst

gesehen.“

„Ich weiß. Aber jede Minute ohne dich ist nur halb so schön.“, schwärmte Lia. Sie war Theo voll und ganz verfallen.

„Hier, ich habe dir etwas mitgebracht.“, sagte Theo und steckte ihr die weiße Blüte in die Haare. Durch das schwarze Haar schien das Weiß noch mehr zu Leuchten.

„Womit habe ich die denn verdient?“, fragte Lia mit Schmetterlingen im Bauch.

„Ich bin an ihr vorbei gegangen und sie hat mich an dich erinnert. Wunderschön und rein.“, schmeichelte Theo ihr. Lia kicherte nur noch. Sie wünschte sich, solche Momente für immer festhalten zu können.

„Na schau’ dir die beiden an. Bekommen nichts um sich herum mit.“, feixte Rick. Er und Mirijam kamen lächelnd auf das verliebte Paar zu. Lia und Theo lösten sich voneinander. Die drei hatten sich schon seit längerer Zeit nicht mehr gesehen und Lia hoffte, dass alles gut laufen würde. Das letzte Treffen, soweit sie wusste, endete in einem Streit über Lebenseinstellungen. Doch nachdem sich alle herzlich begrüßt hatten, schienen Rick und Mirijam einfach nur froh zu sein, dass Lia so glücklich war.

„So. Jetzt seid ihr zusammen. Wie konnte das denn geschehen?“, fragte Rick breit grinsend, fing sich jedoch sofort einen Stupser in die Seite von Mirijam ein.

„Sei doch nicht so neugierig. Hauptsache sie haben sich gefunden.“, bot Mirijam Lia die Möglichkeit, keine privaten Geheimnisse teilen zu müssen.

„Ich fand Lia ja schon immer toll.", sagte Theo und zog Lia näher an sich heran, die schon wieder kicherte.

„Das ist die Hauptsache! Darauf müssen wir anstoßen.", sagte Rick feierlich. Theo und er gingen los, um Getränke zu holen und verabschiedete sich mit einem langen Kuss von Lia.

„Wow.", sagte Mirijam, als die beiden Männer außer Hörweite waren. „Da ist ja ganz schön was los zwischen euch. So kenne ich dich ja gar nicht."

„Ja.", seufzte Lia. „Ich glaube, ich war auch noch nie so glücklich.", sagte sie mit verträumten Blick.

„Schön. Am Anfang ist es immer sehr intensiv. Aber nach einer Zeit wird es weniger.", sagte Mirijam und ihr Kiefer spannte sich unmerklich an. Lia erwiderte darauf nichts. Gedankenverloren ließ sie den Blick schweifen.

„Unglaublich, wie viel Zeit vergangen ist, seit wir hier zur Schule gegangen sind...", bemerkte Lia. Doch Mirijam blickte in die andere Richtung.

„Ich helfe mal kurz mit den Getränken.", sagte Mirijam.

„In Ordnung. Ich rühre mich nicht von der Stelle."

Kaum war Mirijam weg, hatte Lia das Gefühl, etwas Schwarzes im Augenwinkel vorbeihuschen zu sehen. Schnell drehte sie den Kopf, konnte jedoch nichts sehen. Wahrscheinlich war es eine dicke Fliege oder so etwas in der Art. Sie drehte zurück, um zu schauen, wo die Anderen bleiben. Doch wieder schien sich etwas außerhalb ihres Sichtfeldes zu bewegen. Nach erneutem Kopfdrehen konnte Lia noch immer niemanden ausmachen. Ihrem Gefühl folgend ging sie jedoch in die Richtung, in der sie das schwarze Etwas vermutete. Sie blieb stehen und wartete bewusst darauf, etwas fast Unmerkliches im Augenwinkel zu sehen. Während sie angespannt auf der Stelle stand und sich auf das Sichtfeld rechts und links neben sich konzentrierte, sah sie ihn.

Der Mann mit den schwarzen Anziehsachen, den wilden Haaren und dem langen Bart saß mit dem Rücken zu ihr auf einer Bank etwas Abseits. Lia erschrak einen Moment, doch sie wusste, was sie zu tun hatte.

Mit festen Schritten ging sie auf die Bank zu. Sie setzte sich neben den Mann und schaute ihn erwartungsvoll an. Als hoffe sie, dass er von alleine zu erklären begann, warum er in der Stadt war. Doch der fremde Mann schaute nur weiter gerade aus. Lia bemerkte, dass er auf dem linken Unterarm einen Kompass tätowiert hatte.

„Wer bist du?", fragte Lia, in der Hoffnung, endlich die lang ersehnte Antwort zu bekommen.

„Ist das wichtig?", fragte der Mann schroff zurück.

„Das ist sogar sehr wichtig. Warum verfolgst du mich?", giftete ihn Lia an. Der Mann nickte und Lia glaubte ein Lächeln zu sehen.

„Ja. So muss es wohl für dich aussehen."

„Wie würdest du es denn sonst nennen, wenn du ständig in meiner Nähe auftauchst und niemand weiß wer du bist?"

„Du siehst mich immer nur, wenn du mich sehen

willst. Naja, wenn dein Freund es zulässt.", antwortete der Fremde.

„Was soll das denn nun heißen?" Lia wurde langsam immer wütender.

„Das wirst du irgendwann schon merken."

„Was interessiert sich denn eigentlich ein Fremder für meine Beziehung?", hakte Lia weiter zornig nach.

„Ich glaube, die ist nicht gut für dich.", antwortete er schroff.

„Du kennst mich doch gar nicht. Warum unterhalte ich mich eigentlich mit dir?", fauchte Lia ihn an. Ihre aufgestaute Wut schien sich aufzustocken.

„Vermutlich, weil du innerlich weißt, dass du meine Hilfe brauchst."

„Pf, wie lächerlich. Ich gehe jetzt.", sagte Lia, doch blieb an Ort und Stelle sitzen.

„Du gehst nur dahin, wo er möchte, dass du dort hin gehst."

Bevor Lia weiter fragen und ihn wutentbrannt anmeckern konnte, was sich ein Fremder in ihre Beziehung einmischte, hörte sie Jemanden ihren Namen rufen.

„Lia, Schatz?" Es war Theo. Sie drehte sich um und sah ihn mit zwei Getränken in der Hand. „Wir wollen anstoßen."

Lia sprang strahlend auf und lief leicht hüpfend zu Theo, um ihm in die Arme zu fallen. Ihr Ärger schien wie weggeblasen zu sein. Sie hatte nur noch Augen für Theo. Mit einem lauten „Auf uns!" stießen die vier Freunde mit ihren Gläsern zusammen.

Später am Abend brachte Theo Lia nach Hause.

„Es war so schön, die Anderen mal wieder zusehen. Das sollten wir wirklich öfter machen.", begann Theo den Abend zu reflektieren.

„Ja das stimmt. Es war echt schön, dass ihr euch so gut versteht!"

„Wer war eigentlich der Mann, mit dem du dich unterhalten hast. Woher kanntest du ihn?", wechselte Theo abrupt das Thema. Lia musste kurz nachdenken, um zu verstehen, worüber Theo da sprach.

„Ach der. Ich dachte, ich würde ihn kennen, aber ich habe mich getäuscht.", sagte Lia, bewusst den Streit zwischen ihr und dem Fremden verschweigend. Theo sah ihr tief in die Augen.

„Wenn dich aber was bedrückt, dann musst du mir das sagen.", sagte er nachdrücklich. Zur Antwort gab ihm Lia einen Kuss und ging ins Haus.

Sie hatte für Stunden das Gespräch vergessen, welches sie mit dem Fremden hatte. Wie konnte das nur sein? So viel Alkohol hatte sie nicht getrunken. Ohne zu ihren Eltern ins Wohnzimmer zu gehen, ging Lia direkt in ihr Zimmer und kramte ihr altes Tagebuch hervor. Hastig schlug sie eine leere Seite auf und versuchte, alles aus dem Gespräch, an das sie sich erinnerte, aufzuschreiben. Doch je mehr sie versuchte, sich darauf zu konzentrieren, desto mehr schien ihr Gedächtnis zu versagen.

DER UNSICHTBARE BEGLEITER

Am nächsten Tag nahm sich Lia fest vor, nach Vaughning zu ihrer Freundin Leslie zu fahren. Theo hatte es geschafft, ihre Gedanken abzulenken. Sie war eigentlich nach Hause gekommen, um etwas Zeit zum Nachdenken zu haben und sich darüber klar zu werden, was sie studieren möchte. Kurzum schrieb sie Theo eine Nachricht, dass sie heute den Tag in der Bibliothek der University of Vaughning verbringe und keine Zeit für ein Treffen habe. Auch ihre Familie weihte sie ihren Plan, dass die Bücher ihr Aufschluss geben würden, ein. Doch nach einem kurzen Gespräch mit Leslie stellte sich heraus, dass diese keine Zeit hatte. Etwas enttäuscht, ihre beste Freundin nicht wieder zu sehen, entschied Lia trotzdem zu fahren.

Es war ein sonniger Tag und Lia, in einem gelben Kleid und mit Picknickkorb, lief zu ihrem Auto, bereit für die zweistündige Fahrt. Die Sonne brannte auf ihrer Haut und sie bereute es jetzt schon, sich nicht eingecremt zu haben. Ihr Telefon klingelte. Es war Theo.

„Hallo mein Schatz, ich habe gerade deine Nachricht gelesen. Bist du sicher, dass du fahren möchtest?", fragte Theo mit trauriger Stimme. Bei dem Klang wurde Lia wohlig ums Herz.

„Ich muss mir so langsam Gedanken machen, was ich später studieren möchte...“, fing Lia an und wurde von Theo unterbrochen.

„Wieso denn studieren? Das musst du doch gar nicht. Du hast doch mich und dann musst du auch nicht wieder weg ziehen.“ Theo klang zunehmen verärgert.

„Es ist mir wichtig...“

„Bleib’ wo du bist. Ich bin gleich da und dann reden wir darüber.“

Theo legte verärgert auf. Sofort bekam Lia ein schlechtes Gewissen. Theo war ihr Freund und sie sollte ihn in ihre Pläne mit einbeziehen. Andererseits wollte sie diesen Tag für sich nutzen. Sie wollte ins Auto steigen, doch ihre Beine bewegten sich nicht. Irgendetwas schien sie zurück zu halten. War ihre Sorge, Theo zu verlieren so groß, dass sie sich nun nicht vom Fleck traute? Was war nur los mit ihr? Ihre Entschlossenheit, den Tag alleine zu verbringen, schwand von Minute zu Minute.

Ihre Haut fing an in der prallen Sonne rot zu werden. Wie angewurzelt stand Lia vor ihrem Auto und bewegte sich nicht. Sie hörte, wie sich hinter ihr die Tür öffnete.

„Lia? Ist alles in Ordnung?“, hörte sie ihre Schwester sagen.

„Ja. Ja, ich glaube schon.“, sagte Lia ohne sich zu bewegen.

„Warum stehst du denn in der Sonne rum? Ich dachte

du bist schon längst unterwegs...", fing Josefine an und fasste Lia am Arm, als diese sich nicht zu ihr umdrehte. Von der Stelle an, wie Josefine sie berührte, schien sich eine leichte Kälte in ihren Arm auszubreiten. Sie strömte in alle Glieder und gab Lia das Gefühl, wieder wach und lebendig zu sein. Verwirrt drehte sie sich zu ihrer Schwester um und starrte sie an. Josefine löste erschrocken ihren Griff.

„Was ist nur los?", flüsterte Lia leise. In ihrem Kopf schienen die Gedanken nur so zu sprudeln. Bevor Josefine sie berührt hatte, war sie wie festgewurzelt stehen geblieben und ihre Gedanken wurden träge. Nun allerdings fühlte sie sich so frisch wie selten. Neu motiviert versuchte sie ihr selbstbewusstestes Grinsen zu zeigen und stieg hastig ins Auto. Diese Gelegenheit wollte sie sich von keinem nehmen, jetzt endlich los zu fahren.

Während der Fahrt rief Theo sie ein paar Mal an. Zu Anfang war es leicht den Anrufen zu widerstehen. Doch je länger sie fuhr und je öfter er anrief, überlegte sie, nachzugeben. Zu ihrer Erleichterung erreichte Lia in dem Moment ihr Ziel. Sie parkte auf einer länglichen, asphaltierten Fläche, von wo aus sie auf eine große Wiese gelangte. Die Bibliothek lag in linken Bereich eines U-förmigen Gebäudes. Im mittleren Teil lagen die Seminarräume der Universität, im rechten Teil war die Verwaltung untergebracht. Hier besaßen die besten Studenten ein Schlafappartement. Mittig von der Gebäudeform eingefasst lag eine große, akkurat gemähte Wiese, auf der einige Kastanienbäume standen. Auf einen der Bäume lief Lia geradewegs zu. Ihr war nicht danach, sich sofort hinter verschlossenen Türen zu verkriechen. Ihr Handy ließ sie im Auto und setzte sich unter einen der Bäume. Die Beine überschlagen mustere Lia das Gebäude. Die Fassade war mit großen, fast viereckigen Natursteinen bestückt, die über die Jahre schon schwarz geworden waren. Die einzelnen Fenster bestanden wiederrum aus vielen kleinen Fenstern, welche dem Gebäude einen stattlichen und edlen Eindruck verliehen.

Lia seufzte und sah sich um. Studenten saßen in kleinen Grüppchen auf dem Rasen oder gingen spazieren. Viele lachten und schienen unbesorgt zu sein. Lia wünschte sich, wie sie zu sein. Einen Plan für die Zukunft und das Herz offen für alle Möglichkeiten. Sie dachte an Leslie und wie wohl sie sich hier fühlte. Lia schloss die Augen. Ungewollt und plötzlich schlich sich ein Bild vor ihr geistiges Auge. Blaue Augen zwischen dunklem Haar sahen sie an. Seine Augen. Die Augen des Fremden.

Was hatte er noch gleich gesagt? Sie würde ihn schon wieder sehen, wenn sie nur wollte? Stirnrunzelnd öffnete sie die Augen und sah sich um. In ihrer direkten Nähe war niemand zu erkennen. Musste sie ihn vielleicht rufen? Das wäre absurd, denn sie wusste nicht mal seinen Namen. Vorsichtig und leise sage Lia: „Hallloo?", kam sich aber im gleichen Moment lächerlich vor und errötete. Das bringt doch alles nichts. Entweder er war da oder nicht. Der Fremde konnte sich ja nicht unsichtbar machen und dann plötzlich wieder auftauchen, nur weil Lia ihn sehen wollte. So funktionieren die Dinge nicht.

Sie lehnte ihren Kopf an den Baumstamm und atmete ruhig und tief ein. Sie musste einen klaren Kopf bekommen, wenn der Tag ihr heute etwas bringen sollte. Lia versuchte, alle belastenden Dinge von sich weg zu schieben und einfach den Moment wahr zu nehmen. Ohne den Kopf zu drehen hörte sie rechts ein Mädchen zu laut lachen. Links schaute eine Gruppe Jungs herüber und verstummte. Eine Biene flog nicht weit über ihrem Kopf ihre Kreise und am Haupthaus, gerade vor ihr, zog jemand eine Gardine vor das Fenster. Dies alles schien Lia gleichzeitig zu sehen, ohne zu einer Stelle genauer hin zu schauen.

„Das hat ja gar nicht so lange gedauert, wie ich dachte.", sagte eine Stimme neben ihr. Lia zuckte so heftig zusammen, dass sie sich den Kopf am Baum stieß. Ihre zufriedene Benommenheit verschwand plötzlich und alle Geräusche schienen auf sie einzustürzen. Das laute Summen, das schrille Lachen und auch der Wind schien viel lauter als zuvor. Neben ihr saß der Fremde und blickte sie erwartungsvoll an. Lia, überrannt von den ganzen Empfindungen, sprang wütend auf.
„Bist du wahnsinnig, mich so zu erschrecken?", schrie sie den Fremden an.
Dieser lächelte vorsichtig und sagte: „Nicht so laut. Oder willst du, dass der ganze Campus mithört?"
„Dich einfach so an mich heran zu schleichen! Bist du mir etwa gefolgt und hast dich hinter dem Baum ver-

steckt?", Lia konnte sich nicht zurück halten. Ständig tauchte dieser Fremde auf und erklärte sich noch nicht mal. Doch je wütender Lia zu werden schien, desto ruhiger verhielt sich der Fremde. Er streckte die Beine aus und schaute nach oben zu den Blättern.

„Du warst diejenige, die mich sehen wollte."

„Was? Ich....", doch Lia fand keine Worte. Mit verschränkten Armen sah sie sich um und suchte nach einer schlagfertigen Antwort.

„Na los, nun setz dich schon wieder hin."

Lia mochte es nicht, wie ein kleines, störrisches Kind behandelt zu werden und blieb weiter stehen. Nach ein paar Minuten sah sie jedoch ein, dass sich sie lächerlich verhielt und setzte sich wieder.

Der Fremde und Lia saßen eine Ewigkeit schweigend nebeneinander. Nach einiger Zeit verebbte die Wut in Lia. Sie fühlte sich erschöpft und gab sich geschlagen.

„Was willst du von mir?", fragte sie ermattet den Fremden.

„Du wolltest mich sehen."

„Ich habe vor mich hin geträumt."

„Besser gesagt: Du hast deinen Verstand geöffnet."

Lia blickte den Fremden nicht an.

„Du hast dich also hinter dem Baum versteckt, gewartet bis ich entspannt war, nur um mich dann zu erschrecken?"

„Ich bin die ganze Zeit neben dir gewesen, nur hast du mich nicht gesehen."

Lia schüttelte den Kopf. Das ergab doch alles keinen Sinn, was der Fremde da erzählte. Sie hätte es ja doch wohl gemerkt, wenn jemand die ganze Zeit über neben ihr gewesen wäre. Der Fremde schien ihre Reaktion auf seine Erklärung zu merken und holte etwas weiter aus.

„Die meisten Leute nehmen mich nicht wahr. Sie laufen durch das Leben und sehen nicht richtig hin. Den Kopf voller Gedanken, welche zu viel Platz in Anspruch nehmen, sehen sie nur das Nötigste. Manchmal haben sie das Gefühl, mich im Augenwinkel zu sehen. Unscheinbar, am Rande ihrer Wahrnehmung. Doch sobald sie den Kopf drehen, haben sie mich auch schon wieder vergessen."

Lia dachte über diese Worte nach und erinnerte sich an das Sommerfest. Auch sie hatte das Gefühl gehabt, jemandem im Augenwinkel zu sehen und war diesem Gefühl gefolgt. Sie hatte sich in diesem Moment keine Gedanken darüber gemacht, was die Anderen über sie denken würden, ob Theo sie vermisste, ob der Streit mit ihren Geschwistern bald enden würde oder was das für ein merkwürdiges Gefühl war, als Josefine sie berührte. Sie hatte sich die Zeit genommen, einfach dem Gefühl zu folgen und wurde zu dem Fremden geführt. Doch so etwas schien unmöglich. Leute konnten nicht einfach unsichtbar sein oder so schnell übersehen werden. Immerhin hätte der Fremde ja auch auf sich aufmerksam machen können.

„Du meinst also, niemand sieht dich. Nur wer gerade sorgenfrei ist, kann sich dann sehen. Das ist doch völlig unmöglich."

„Leider nicht. Es ist nicht gerade angenehm, immer auf die Anderen angewiesen zu sein."

„Du könntest ja auch mal jemanden ansprechen. Dann wirst du vielleicht mehr beachtet. Oder bist du zu schüchtern?", fragte Lia mit Absicht provokativ.

Der Fremde verzog verletzt das Gesicht. Während er sprach, schien die freundliche, fast liebevolle Art in seiner Stimme verschwunden zu sein und sie klang nun schroff und hart.

„Du bist also auch nur wie alle Anderen. Ich dachte, bei dir wäre es etwas anderes und du könntest mich verstehen. Für so etwas ist keine Zeit."

„Und ich dachte, du wärst reifer, als jetzt den Beleidigten zu spielen.", sagte Lia und schaute zu dem Fremden. Doch er war nicht mehr da. Hastig sprang Lia auf und sah sich um. Er war nirgendwo zu sehen. Prompt bekam Lia ein schlechtes Gewissen. Er erzählte ihr etwas Unglaubliches und sie wusste nicht einmal, warum sie so verächtlich darauf reagierte. Er war nicht mehr da. Konnte vielleicht etwas an dieser bizarren Geschichte der Wahrheit entsprechen?

Ihr gelbes Kleid glatt streichend, nahm sie ihren Korb und die Tasche und machte sich auf den Weg zum linken Gebäudeteil, um in die Bibliothek zu gelangen. Sobald sie die Tür öffnete, überkam sie sofort das Gefühl, in einer anderen Zeit zu sein. Durch die kleinen staubigen Fenster, schien die Sonne nur in dünnen Strahlen durchzubrechen zu können. Die Bibliothek lag im ersten Stock, sodass sie eine breite Treppe nach oben gehen musste. Die dunklen Steinstufen waren in der Mitte schon von zahllosen Studenten und Besuchern durchgetreten worden. Lia hielt sich am Geländer fest.

Es war warm, aus Holz und passte sich optimal ihrer Hand an. Sie hatte fast das Gefühl, als führe sie das Geländer sanft aber bestimmt immer weiter nach oben zu den Büchern. Oben angekommen sah sie sich vor zahllosen langen Reihen voller Bücher, die so hoch waren, dass die Leitern am Rand durchaus ihren Grund hatten. Lia kam sich verloren vor. Sie wollte sich hier erkundigen, was sie später einmal studieren kann. Doch nun vor Ort wusste sie nicht, womit sie anfangen sollte. Ziellos lief sie durch die Reihen endloser Bücher und las sich ab und zu den Titel auf einem Buchrücken durch. In einer Reihe stach ihr ein Buch besonders ins Auge. Es hieß "Das wahrnehmbare Ich – wie das Selbst zu Mir gefunden hatte" von Robert Blackwood 1972. Sie wusste nicht, warum gerade dieses Buch sie angesprochen hatte, aber vielleicht lag es am Umschlag, der matt schwarz, schlicht und zurückhaltend war. Lia musste sich auf die Zehenspitzen stellen, um ans Buch zu kommen und nahm es mit zu einem kleinen Tisch am Fenster. Sie schlug es auf und fing an zu lesen.

"Das wahrnehmbare Ich" beschäftigt sich mit der Beobachtung des inneren Selbst und dessen Autonomie. Nur durch die Erweiterung der Wahrnehmung kann das Ich sein Selbst erkennen und letztendlich das Mir finden. Ebenso muss das Selbst verlassen werden, um das Ich zu erkennen und in den Kontext des Lebens einordnen zu können. Andere können nur das Selbst erkennen. Wird das Ich, das Selbst und das Mir als getrennte Personen begutachtet, führt nur deren Vereinigung zur bedingt freien Autonomie.

Lia sah vom Buch hoch in den Innenhof und dachte über den ersten Abschnitt des Buches nach. Ihr Blick hing an dem Baum fest, unter dem sie noch vor einer Weile gesessen hatte. Lia projizierte das eben gelesene auf das, was der Fremde ihr erzählt hatte. Nur Lia konnte ihn sehen, wenn sie sich frei von ihren Problemen machte und die Wahrnehmung erweiterte. Der Fremde war also nach Robert Blackwood ein Selbst und hatte sein Ich noch nicht gefunden. Doch Blackwood sprach sicherlich nicht von irgendwelchen übernatürlichen Dingen, die Menschen verschwinden lassen können. Vielleicht konnte Lia dem Fremden aber auch helfen und deswegen konnte nur sie ihn sehen.

Lia entschied sich dafür, das Buch auszuleihen und es draußen in der Nachmittagssonne zu lesen. Vor dem Hinabsteigen der Treppe sah sie erneut aus dem Fenster zu dem Kastanienbaum auf dem Hof. Bei jeder Stufe, die sie hinunter ging, versuchte sie sich zunächst einen Gedanken, den sie im Kopf hatte, bewusst zu machen. Nur, um ihn danach aus ihrem Kopf zu verbannen. So brauchte Lia ungewöhnlich lange für die Treppe und fühlte sich unten frei und erleichtert. Draußen angekommen kniff sie die Augen in der grellen Sonne zusammen. Nach ein paar Minuten schienen die bunten Punkte vor ihrem Auge sich beruhigt zu haben und sie konnte wieder normal sehen. Sie blickte zu der Kastanie und zu ihrer Freude sah sie den fremden Mann darunter stehen. Wie eine Erscheinung stand er dort mit seinem langen schwarzen Mantel und den dazu passenden Haaren und Bart. Lia atmete tief ein, straffte die Schultern und ging mit wachsender Freunde auf ihn zu. Bei ihm angekommen, schaute sie tief in die kleinen, strahlend blauen Augen.

„Du hast es dir also noch mal überlegt.", sagte der Fremde und Lia meinte, ein Lächeln erkennen zu können.

GESCHWISTERLIEBE

„Du bist also immer da, nur wenn man sich auf dich einlässt. Und dann kann man dich sehen?", fasste Lia ihre neu gewonnene Erkenntnis zusammen. Der Fremde nickte kurz und fast unmerklich. Lia hakte weiter nach.

„Aber wie kommt es, dass du dann immer in meiner Nähe bist? Du könntest ja auch bei sonst wem gerade sein."

„Du kannst mich sehen. Warum sollte ich mich also bei jemandem aufhalten, der sich nicht auf mich einlassen kann?", fragte der Fremde zurück. Lia verstand die Antwort und dachte einen Moment schweigend darüber nach. Der Fremde setzte sich wieder an den Baumstamm der Kastanie und Lia tat es ihm gleich.

„Aber, warum kann ich dich sehen?"

„Ich habe nicht auf alles eine Antwort.", grummelte der Fremde in seinen Bart. Lia mochte seine Stimme. Sie war tief und rau und doch zugleich warm und vertraut.

„Und weiß du, warum dich keiner sieht?", fragte Lia aufgeregt. Der Fremde schwieg. Das Schweigen war so tief zwischen ihnen, dass Lia wusste, er würde nicht darauf antworten.

„Ich glaube,“, fing Lia zaghaft an und drehte den Kopf zu seiner Seite. „...ich kann dich sehen, damit ich dir helfen kann.“

Der Fremde schnaubte.

„Ich denke, es ist eher anders herum.“, erwiderte er etwas spitz. Lia blickte ihn erschrocken an.

„Wobei willst du mir denn helfen?“, versuchte sie so defensiv wie möglich zu fragen. Sie mochte es nicht, sich wie ein unwissendes, Kind zu fühlen, das gerade auf dem Weg in sein Verderben war. Immerhin ging es ihr gut. Sie war gesund, hatte eine beste Freundin, alte Freunde wieder neu gefunden und ihren ersten festen Freund. Also wobei sollte ein manchmal unsichtbarer Mann ihr denn helfen?

„Darauf musst du schon selber kommen. Ich darf es dir nicht sagen.“

„Wieso darfst du mir das nicht sagen? Wer verbietet dir das denn, wenn ich die Einzige bin, mit der du dich unterhalten kannst?“

„Du bist nicht die Einzige.“

„Und warum darfst du mir das dann nicht sagen?“

„Weil du es nicht einsehen würdest, wenn ich es dir sage. Du musst von alleine darauf kommen.“, sagte der Fremde, als würde er einen auswendig gelernten Text vortragen. Lia verschränkte beleidigt die Arme.

„Aber wenn ich dir einen Rat geben darf, versuch’ in der nächsten Situation, in der du dich machtlos fühlst, dich an dieses Gespräch zu erinnern.“

„Du drückst dich so unklar aus. Kannst du mir nicht

etwas Konkretes raten?", mokierte sich Lia.

„Leider nicht. Aber du hast einen cleveren Kopf, du wirst schon dahinter kommen. Auch wenn du manchmal etwas länger brauchst."

Der Mundwinkel des Fremden zuckte scherzhaft nach oben und Lia musste lachen. Der Fremde hatte ihr ein Kompliment gemacht. Lia überkam das Gefühl, als würde ihre Beziehung langsam auftauen. Aus Angst, etwas kaputt zu machen, stichelte Lia nicht zurück. Ein Blick auf ihre Uhr ließ sie aufschrecken.

„Ich muss wieder zurück. Meine Eltern machen sich langsam Sorgen. Mein Handy habe ich auch im Auto vergessen...", sagte Lia zerstreut, während sie aufstand und ihre Sachen packte. Der Fremde stand ebenfalls auf und beide standen sich ratlos gegenüber.

„Also...", fing Lia zögerlich an. „Willst du mit fahren oder was machst du jetzt?"

Der Fremde nickte wieder nur kurz und beide gingen zum Auto. Sie fuhren los.

Während der Fahrt fühlte sich Lia merkwürdig erregt. Ein fremder Mann, von dem sie bis vor kurzen dachte, dass er ein Stalker wäre, saß jetzt neben ihr im Auto. Er könnte auch versuchen, sie zu entführen. Wieso traute sie ihm und ging dieses Risiko ein? Theo würde sich sicherlich wundern und Angst um ihre Beziehung haben. Hatten ihre Eltern sie nicht immer wieder vor solchen Situationen gewarnt? Doch aus einem unerklärlichen Grund fühlte sich Lia nicht unsicher oder in Gefahr. Sie fühlte sich stark und sicher. Das Gefühl zu wissen, dass jemand fast immer bei ihr sein würde, machte sie selbstsicher. Doch wie sollte es weiter gehen, wenn sie angekommen waren? Sie würde diesen fremden Mann auf keinen Fall mit nach Hause nehmen. Er musste doch sicherlich auch ein zu Hause haben und irgendwo schlafen. Zu viele Fragen schossen Lia durch den Kopf und sie blickte zur Seite. Der Sitz neben ihr war leer. Für einen kurzen Moment erschrak sie, hatte jedoch auch das Gefühl, dass sie es hätte wissen müssen. Vorsichtig und langsam streckte Lia den Arm aus und griff neben sich in die Luft. Wenn der Fremde tatsächlich nur unsichtbar war, hätte sie ihn spüren müssen. Doch da war niemand neben ihr und ihre Hand glitt in einer unbeholfenen Schlangenform durch die Luft und wieder zurück.

Als sie zu Hause ankam, war es schon dunkel. Ein Blick hoch zu ihrem Elternhaus verriet ihr, dass alle schon im Bett sein mussten. Lia würde versuchen, möglichst leise zu sein, um niemanden zu wecken. Sie saß noch einen Moment im Auto und war fast schon froh, den Fremden gerade nicht zu sehen. So ersparte sie sich einen peinlichen Moment. Sie sammelte Kraft, um ihr Handy aus der Tasche zu kamen. Theo war sicherlich sauer, dass sie nicht auf ihn gewartet hatte. Sie sah auf das Display und hatte in der Tat acht verpasste Anrufe. Sie rieb sich mit den Händen über das Gesicht um sich wach zu machen.

Da ging die Haustür auf. Lia beobachtete, wie ihre Schwester Josefine vorsichtig den Kopf durch die Tür steckte und nach links und rechts schaute. Lia steckte ihr Handy weg und beobachtete perplex ihre Schwester, die nun umsichtig und auf Zehenspitzen den Vorgarten durchquerte und auf einen Baum am Rande des Grundstücks zulief. Lia starrte angestrengt in den Schatten. Etwas bewegte sich dort, doch es war zu dunkel, um genaueres zu erkennen. Ein paar Sekunden später erkannte Lia die Umrisse von Josefine und jemand schien sich auf sie zu stützen. In der schwachen Beleuchtung des Hauses erkannte Lia, dass es Jonah war.

Blitzartig stieg Lia aus dem Wagen auf und hastete auf die Zwillinge zu.

„Josefine, Jonah, was ist los?", fragte sie hektisch und merkte, dass sich Panik in ihr breit machte. Jonah sah müde und erschöpft aus. Seine Wangen waren eingefallen und unter seinen Augen zeichneten sich dunkle Augenringe ab. Sein schwarzes Haar hing ihm strähnig ins Gesicht.

„Jonah, was ist mit dir?", flüsterte Lia mit erstickter Stimme und nahm sein Gesicht in ihre Hände.

„Er ist müde, er muss schlafen.", sagte Josefine ruhig, als ob sie gerade über das Wetter sprach.

„Ihm geht es nicht gut. Wir müssen einen Arzt rufen."

„Nein. Er muss sich nur etwas ausruhen. Ich kümmere mich um ihn.", sagte Josefine erneut und versuchte Lia einen beruhigenden Blick zu schenken.

„Amalia?", rief energisch jemand hinter ihr. Lia musste sich nicht umdrehen um zu wissen, dass Theo hinter ihr stand. Es war einer der seltsamen Momente, in denen Lia lieber bei ihrer Familie sein wollte, als bei ihrem Freund. Sie drehte sich um und sah Theo fest in die Augen.

„Ich kann jetzt nicht. Jonah geht es nicht gut. Ich muss mich um ihn kümmern."

Theo beobachtete einen Moment die Szenerie und blickte dann Lia tief in die Augen. Mit ruhiger Stimme sagte er: „Mach' dir um Jonah keine Sorgen. Josefine ist doch bei ihm."

Direkt nachdem Theo den letzten Satz beendet hatte, merkte Lia, wie sie deutlich entspannter wurde. Theo hatte recht. Warum war sie nur so panisch?

„Bekomme ich keinen Kuss zur Begrüßung?", fragte Theo und grinste sie schelmisch an. Lia lächelte und ging langsam auf Theo zu. Sie schien immer wieder von ihm angezogen zu werden und konnte sich nicht dagegen wehren. Sie wollte noch einen Blick über die Schulter zu ihren Geschwistern werfen, um sich sicher zu sein, dass alles in Ordnung war.

„Dreh' dich nicht um.", sagte Theo mit fester, fast bedrohlicher Stimme. Lia merkte, wie sie den Kopf nicht drehen konnte, obwohl sie es wollte. Wie ferngesteuert lief sie immer weiter auf Theo zu, der seine Arme für sie geöffnet hatte. Sie merkte, wie wehrlos sie war und schloss die Augen.

„Kann ich dir weiter helfen?", fragte Theo plötzlich spöttisch und Lia öffnete die Augen. Der fremde Mann stand neben Theo und blickte sie wortlos an. Theo schien deutlich verunsichert und funkelte den fremden Mann böse an.

„Ich habe mit Ihnen gesprochen.", fauchte Theo den fremden Mann an, der ihn komplett ignorierte.

„Lia, erinnere dich an unser Gespräch.", sagte der fremde Mann ruhig und blickte Lia an. Lia versuchte sich an das Gespräch zu erinnern, doch ihr Kopf schien wie leer gefegt zu sein.

„Kennt ihr euch?", fragte Theo verdutzt, doch niemand antwortete ihm.

„Was willst du wirklich?", fragte stattdessen der fremde Mann Lia erneut. Lia dachte darüber nach. Was wollte sie? Sie wollte zu ihrem Freund und in seine Arme. Sie verstand nicht, warum sich der fremde Mann plötzlich einschaltete. Das war nun echt nicht der richtige Zeitpunkt für eines ihrer Gespräche.

„Konzentriere dich auf deine Umgebung.", sagte der Fremde in einer ruhigen, fast meditativen Stimmlage. Lia versuchte, was er ihr sagte. Sie hörte hinter sich, wie ihre Schwester sagte: „Jonah, du bist zu schwer. Lia muss mir helfen."

„Amalia, komm' zu deinem festen Freund.", sagte Theo erneut. Lias Kopf fing an zu dröhnen. Es war alles zu viel für sie.

„Lia!", sagte Josefine laut neben ihr und sie spürte, wie eine kleine, zarte Hand sie am Arm fasste und schüttelte.

„Lia, ich brauche deine Hilfe."

Lia gab der Hand an ihrem Arm nach und ließ sich zu Jonah führen. Erst nach ein paar Schritten, schaffte sie es den Blick von Theo und dem Fremden zu lösen. Jonah kniete auf dem Rasen. Er schien zu schwach, um alleine zu laufen. Zusammen mit Josefine packten sie Jonah unter den Armen und gingen Richtung Haus.

„Wir müssen leise sein.", sagte Lia, als sie an der Haustür angekommen waren. Während Josefine den Schlüssel in ihrer Tasche suchte, drehte sich Lia, etwas durch Jonahs Gewicht eingeschränkt, um und blickte zu Theo. Er stand noch immer an Ort und Stelle. Der fremde Mann schien wieder verschwunden zu sein.

„Wir reden morgen.", sagte Theo, drehte sich um und ging. Lia spürte einen Stich im Magen. Sie fühlte sich schlecht, ihren Freund so zurück zu lassen. Doch bevor sie sich weiter den Kopf darüber zerbrechen konnte, öffnete Josefine die Tür.

Jonah die Treppe nach oben zu hieven und ins Bett zu legen, ohne ein Geräusch zu machen, welches die Eltern aufwecken könnte, trieb Lia und Josefine den Schweiß auf die Stirn. Oben angekommen legten die beiden Jonah ins Bett. Er hatte die Augen geschlossen und schien schon längst zu schlafen.

„Was ist das nur zwischen dir und Theo?", fragte Josefine flüsternd. Lia ignorierte die Frage.

„Jose, sag' mir die Wahrheit. Was ist los mit Jonah?", horchte Lia nach. „Nimmt er Drogen oder etwas in der Art? Ich habe gesehen, wie er sich nachts raus geschlichen hat."

Josefine druckste herum.

„Hör' mal, du bist meine Schwester und ich weiß, dass du immer für uns da bist, aber ich kann dir das nicht sagen. Das steht mir nicht zu. Das ist Jonahs Aufgabe."

Lia war überrascht über die reife und erwachsene

Antwort ihrer kleinen Schwester. Sie spürte, dass diese es ehrlich und aufrecht meinte. Lia wusste, dass es keinen Zweck hatte, sich jetzt mit ihr zu streiten. Jonah lag sicher in seinem Bett und für alles andere war morgen noch genug Zeit. Josefine merkte jedoch, dass sich Sorgenfalten auf Lias Stirn bildeten.

„Bitte mach' dir keine Gedanken. Er wird schon wieder. Ich bleibe heute Nacht bei ihm und passe auf."

Wie zur Bestätigung ihrer Worte setzte sich Josefine auf die Bettkante und legte eine Hand auf Jonahs Arm. Sie lächelte Lia an, welche beschloss, es für heute gut sein zu lassen.

„Gut, ich verlasse mich auf dich. Sollte irgendetwas sein...", fing Lia an.

„...werde ich zu dir kommen und dich wecken.", beendete Josefine mit einem Zwinkern Lias Satz.

Lia ging mit pochendem Kopf in ihr Zimmer und schloss die Tür fast lautlos. Ermattet und steif wie ein Brett ließ sie sich flach mit dem Rücken zuerst auf das Bett fallen und schloss die Augen. Für einen Moment genoss sie das Gefühl, frei von allen Sorgen und Problemen zu sein. Sie brauchte die Augen nicht öffnen, um zu wissen, dass der Fremde bei ihr im Zimmer war.

„Was war das denn eben?", fragte sie mit zu lauter Stimme in die Stille und erschrak sich bei ihrem Klang.

„Wonach sah es denn aus?", erkundigte sich die tiefe beruhigende Stimme.

„Wird mein Bruder wieder gesund?"

„Ich denke. Er ist stark und er hat deine Schwester."

Lia stützte sich auf den Ellenbogen ab und öffnete die

Augen. Der Fremde stand mitten in ihrem Zimmer und wirkte fehl am Platz.

„Was hat denn meine Schwester nun damit zu tun?", wollte Lia nachdenklich wissen, doch der Fremde zuckte nur die Schultern.

„Schon klar, du kannst es mir nicht sagen, weil ich es selber herausfinden muss.", sagte Lia ermattet und ließ sich wieder nach hinten fallen.

„Wieso stehst du eigentlich mitten im Raum rum? Setz' dich!", befahl Lia.

„Wohin?"

Lia dachte kurz nach. Ihr Schreibtischstuhl war voller Anziehsachen und Bücher und ihm den Boden anzubieten, schien ihr doch etwas zu unfreundlich. Also rückte sie ein Stück auf ihrem Bett zur Seite, sodass sich der Fremde auf die Bettkante setzen konnte. Mit angezogenem Mantel setzte er sich knapp und steif auf die Bettkante. Lia unterdrückte ein Schmunzeln bei seinem verunsicherten Verhalten in ihrem Zimmer. Langsam ließ das Dröhnen in ihrem Kopf nach und sie fühlte sich sonderbar glücklich und befreit.

„Kennst du meinen Freund Theo?", fragte Lia aus heiterem Himmel.

„Nein.", sagte der Fremde kurz angebunden.

„Er ist echt ein Guter. Weiß du, er scheint mich wirklich zu lieben und will immer nur das Beste für mich.", fing Lia an zu plappern, um ihre gute Laune nicht mit Schweigen zu verderben.

„Wenn du das sagst.", erwiderte der Fremde steifer als zuvor und blickte stur gerade aus.

„Er wusste, dass es meinem Bruder gut gehen würde. Deswegen hat er mir gesagt, dass ich nicht zurück gehen soll.", fing Lia an, das eben geschehene Verhalten zu erklären.

„Wenn du das meinst.", sagte der Fremde im gleichen Tonfall wie zuvor. Lia lächelte in sich hinein und sah die Situation vor ihrem geistigen Auge. Doch das, was sie sah, war nicht das, was sie fühlte. In ihrer Erinnerung war sie froh, endlich zu Theo zu kommen, damit sie ihn umarmen konnte. Doch in ihrem Inneren machte sich ein anderes Gefühl breit. Angst. Sie wollte eigentlich zu ihren Geschwistern. Warum hatte sie sich so leicht ablenken lassen? Kaum, dass sie Theo sah, schienen ihre Sorgen wie weggeblasen zu sein. Lias Atem wurde immer schneller. Wieso konnte sie sich nicht mehr frei bewegen, wenn sie in Theos Nähe war? Wieso fühlte sie sich immer so mies, wenn sie ihren eigenen Willen durchsetzte und nicht seinen? Lia richtete sich auf und Tränen von erstickter Panik liefen ihr über das Gesicht. Sie wusste nicht wie, doch irgendwie schien Theo ihre Gedanken zu kontrollieren. Sie atmete nun so schnell, dass ihr fast schon schwarz vor Augen wurde. Die schaute zu dem fremden Mann. Er schaute erschrocken zurück.

„Sag' doch was.", forderte er Lia auf.

„Er kontrolliert mich.", sagte Lia gerade noch japsend, bevor sie in Ohnmacht fiel.

Unter Kontrolle

Als Lia aufwachte, hielt sie zunächst die Augen geschlossen und lauschte in die Stille. Sie fühlte sich merkwürdig frei und betäubt. Das tiefe Ein- und Ausatmen gab ihr ein paar letzte Augenblicke vollkommener Ruhe, bevor die letzten Ereignisse auf sie einstürzten. Theo schien sie zu manipulieren oder zumindest zu kontrollieren. Wann immer er etwas sagte, gehorchte Lia und vergaß ihren eignen Willen. Wie war so etwas nur möglich? Mit jedem Treffen hatte er ein bisschen mehr Kontrolle über sie bekommen. Zunächst hielt er sie davon ab, zu gehen, dann der Kuss, den sie eigentlich nicht wollte, bis zuletzt, wo sie sich vor dem Auto nicht mehr bewegen konnte, nur weil er ihr am Telefon gesagt hatte, sie solle sich nicht bewegen. Die Kopfschmerzen in Lias Kopf fingen wieder an. Warum hatte sie das nicht früher bemerkt? Die Antwort erschien unerwartet schnell in ihren Gedanken. Weil sie glücklich war. Es hatte sie glücklich gemacht, sich nicht gegen ihre Bedenken zu wehren, sondern das Gefühl der Liebe und Anerkennung einfach zu akzeptieren, machte es ihr leicht nachzugeben.

Je länger sie darüber nachdachte, desto mehr fiel ihr auf, dass sie gar nicht von Theo akzeptiert wurde. Er hatte sie nicht so geliebt, wie sie war, sondern den Menschen aus ihr geformt, den er lieben wollte. Mit dieser Erkenntnis fuhr ein Schmerz durch Lias Körper. Ein schneidender Riss, den sie so schnell nicht vergessen würde. Sie war ihm machtlos ausgesetzt und hatte sich ihm anvertraut. Wäre Josefine nicht zufällig immer in all diesen Situationen aufgetaucht, um sie wieder zur Besinnung zu holen, wusste Lia nicht, was noch alles passiert wäre. Wahrscheinlich hätte sie nie gemerkt, dass ihre Beziehung nicht auf Freiwilligkeit beruht.

Mit jedem weiteren Gedanken wurde Lia immer wütender. Sie wollte nicht das kleine, wehrlose Mädchen sein, das man herumkommandieren konnte, wie man wollte. Sie wollte Theo eines Tages in die Augen schauen können und ihm sagen, was sie von ihm hielt. Jedoch kam zusammen mit diesem Gedanken auch die Ernüchterung. Wie sollte sie das nur schaffen? Woher wusste sie, dass wenn sie zu Theo ging, um zu versuchen standhaft zu bleiben, er sie nicht wieder manipulieren würde? Sie musste jemanden mitnehmen, der sie im schlimmsten Fall wieder zu sich bringen konnte.

Jemanden wie ihre Schwester. Sie war schon drei Mal zur Stelle, als Lia sie unbewusst brauchte. Sie öffnete die Augen und wurde von dem hellen Licht geblendet. Durch die Kopfschmerzen schien das Licht zu pulsieren und ab und zu sah sie bunte Kreise. Lia fuhr sich mit der Hand an den Kopf und merkte, dass jemand ihr wohl einen bereits warmen Waschlappen auf die Stirn gelegt hatte. Das musste der Fremde gewesen sein. Er war gestern auch da und hatte ihr versucht zu helfen. Lia konnte sich nur nicht mehr daran erinnern, was er gesagt hatte.

Sie brauchte eine Ewigkeit, um aufzustehen und zu ihrer Zimmertür zu gehen. Im Flur war es dunkler was deutlich angenehmer für ihren Kopf war. Mit einer Hand an der Wand ging sie bis zu Jonahs Zimmer, dessen Tür einen Spalt offen stand. Leise öffnete Lia die Tür noch ein weiteres Stück und sah, wie ihre kleine Schwester neben ihrem Bruder im Bett lag. Beide hatten rosige Wangen und schienen tief und fest zu schlafen.

Ein zufriedenes Lächeln schlich sich auf Lias Lippen und sie machte sich auf den Weg ins Badezimmer. Den Geräuschen von unten nach zu urteilen, waren ihre Eltern gerade mit Frühstücken fertig und räumten das Geschirr zusammen. Lia schloss so leise wie möglich die Tür und stützte sich am Waschbecken ab. Sie sah in den Spiegel und eine bleiche junge Frau mit Augenringen blickte zurück. Sie drehte das kalte Wasser auf und lies es sich ein paar Sekunden über das Gesicht laufen. Die Kälte und das Rauschen beruhigten sie. All das schien keinen Sinn zu ergeben. Ein fremder Mann konnte sich unsichtbar machen und ihr Freund manipulierte sie. Ihr fiel nur eine Person ein, die ihr auf all das Antworten geben könnte, doch dieser Fremde würde sie ihr wahrscheinlich nicht geben. Sie musste es dennoch versuchen.

Während sie ihr Gesicht mit geschlossenen Augen in das gelbe Badezimmerhandtuch drückte, versuchte sie sich auf den Fremden zu konzentrieren. Sie dachte an den langen schwarzen Mantel, das mit Haaren überwucherte Gesicht und die kleinen strahlend blauen Augen. Sie hing das Handtuch weg und ging zu ihrem Zimmer. Vor dem Öffnen der Tür rief sie sich das Gefühl in den Sinn, was sie verspürt hatte, als sie den fremden Mann unter dem Baum vor der Bibliothek hatte stehen sehen.

Mit einem Schwung öffnete sie die Tür und da saß er. Auf der Kante ihres Bettes und wirkte so fehl am Platz wie zuvor. Ein Gefühl des Sieges machte sich in ihr breit, während sie umsichtig zum Bett taumelte.

„Das klappt ja immer besser bei dir.", stellte der Fremde fest.

„Was meinst du?", flüsterte Lia benommen vor Schmerzen.

„Na das mit dem an mich denken. Es geht immer schneller, dass du mich siehst."

„Mhm." Lia stimmte zu ohne ihn anzusehen.

„Du solltest dich etwas hinlegen. Du siehst nicht gut aus."

„Ich fühle mich auch nicht gut."

Aus dem Augenwinkel sah sie, wie der Fremde ein besorgtes Gesicht machte.

„Habt ihr irgendwo Schmerztabletten?", fragte er zaghaft. Lia dachte einen Moment nach. Sie wusste genau, wo er welche finden würde. Doch was, wenn ihn einer im Haus sah? Niemand wusste von ihm und außerdem wollte sie nicht, dass er alleine durch ihr Haus lief.

„Es geht schon.", sagte Lia tapfer und schloss die Augen als sie bemerkte, dass ihr wieder schwindelig wurde.

„Ich seh' schon.", lachte er.

Sie saßen einen Moment schweigend da. Lia war froh, gerade nicht alleine zu sein, wo es ihr so schlecht ging.

„Dein Kopf tut dir weh, oder?", fragte der Fremde. Das Schweigen von Lia deutete er als ein Ja. Zögerlich hob der Fremde die Hand und legte sie auf Lias Stirn. Lia erschrak und riss die Augen auf.

„Ist schon ok.", sagte er, um sie zu beruhigen.

„Versuchst du jetzt auch mich zu kontrollieren?", fragte Lia so bissig wie es nur in ihrem jetzigen Zustand möglich war.

„Das würde ich nicht wollen.", sagte der Fremde leise. Seine Hand war warm und weich und schien genau auf ihre Stirn zu passen. Von ihr ging etwas Beruhigendes aus. Sie merkte, wie der Schmerz nachließ und ihr Körper von der Anstrengung müde wurde. Kurz vor dem Einschlafen murmelte sie: „Ich will mich gegen Theo wehren können."

Als Lia erneut wach wurde, war es dunkel im Zimmer. Jemand hatte die Rollos herunter gelassen. Hektisch sah sie sich im Zimmer um, doch der Fremde war nicht da. Ihr Kopf fühlte sich besser an und sie griff sich an die Stirn, wo zuvor noch seine Hand gelegen hatte. Sie musste gähnen und rieb sich die Augen. So viel hatte sie selten an einem Tag geschlafen.

„Wie spät ist es nur?", murmelte sich zu sich und suchte nach ihrem Handy oder einer Uhr.

„Wir haben kurz nach zwei Uhr.", sagte die dunkle Stimme aus einer Ecke des Zimmers. Lia richtete sich eilig auf und fuhr sich mit den Fingern durch die Haare.

„Kannst du immer und überall einfach erscheinen wo du gerade willst?", fragte sie in gespielter Ärgerlichkeit.

„Nein. Ich kann das gar nicht kontrollieren. Ich bin von deiner Aufmerksamkeit, also deiner Beachtung abhängig.", antwortete er gelassen. Lias Zimmertür wurde ruckartig aufgerissen.

„Lia, ich wollte...", fing Josefine an zu erzählen, doch erstarrte bei dem Anblick des Fremden.

„Oh, ich wusste nicht, dass du Besuch hast.", sagte sie kleinlaut.

„Das ist schon ok.", sagte der Fremde und streckte Josefine die Hand hin. „Freut mich, dich kennen zu lernen."

Josefine, deutlich verwundert, reichte ihm ebenfalls die Hand und sagte: „Josefine, freut mich."

Als sich beide die Hand gaben, beobachtete Lia die Situation genau. Der Fremde zog gleich nach der Berührung seine Hand eilig wieder zurück und machte für einen kurzen Moment ein erstauntes Gesicht.

„Wie war noch gleich Ihr Name?", fragte Josefine höflich. Lia hielt den Atem an. Es war ihr noch nicht wirklich aufgefallen, aber sie kannte den Namen des Fremden gar nicht. Sie spitzte die Ohren, um auch nichts zu überhören. Doch der Fremde zwinkerte ihrer Schwester zu, als wären sie verbündet und ließ ein leises Lachen hören.

„Wir reden dann einfach später.", sagte Josefine sichtlich verwirrt und verließ das Zimmer.

„Meine Schwester kann dich sehen. Wieso kann sie dich sehen?", fragte Lia verwundert und irritiert.

„Weil du es möglich machst. Du schenkst mir Aufmerksamkeit, also kann ich gesehen werden.", sagte der Fremde und seine Schultern lockerten sich.

„Deswegen verschwindest du auch immer, wenn ich schlafe?", fragte Lia, die langsam anfing, den Fremden zu verstehen.

„Genau. Es sei denn, du träumst von mir.", sagte er mit zuckenden Schultern. Er schien zu merken, dass Lia das Thema unangenehm war. Er ging durch das Zimmer und zog die Rollos hoch.

„Also, du hast gesagt, du willst etwas gegen Theo, so hieß er meine ich, unternehmen?", wechselte er so abrupt das Thema, wie es in der Situation nur möglich war.

„Ja genau. Wo du es schon ansprichst, was ist Theo eigentlich? Wieso kann er mich so kontrollieren?"

„Lass' uns am Besten etwas an die frische Luft und einen Spaziergang machen. Das tut dir und mir sicherlich gut und es muss ja auch nicht jeder mithören.", sagte der Fremde geheimnisvoll und deutete zur Zimmertür.

Lia fiel auf, dass der Fremde bewusst nicht das Wort „Wir" verwendete. Sie kannten sich kaum um aus dem Verhältnis so etwas wie Freundschaft zu machen.

„In Ordnung. Wir müssen nur schauen, wie wir an meinen Eltern vorbei kommen.", grübelte Lia.

„Wieso?", hakte der Fremde nach. „Ist es nun nicht egal, jetzt wo deine Schwester mich gesehen hat?", sagte er feixend. Lia dachte kurz darüber nach. Sie würde später zu Josefine gehen und ihr die Situation erklären müssen.

„Es wäre mir lieber, meine Eltern erst einmal außen vor zu lassen.", gestand Lia. Für einen winzigen Moment bildete sie sich ein, etwas wie Enttäuschung in den Augen des Fremden zu sehen.

„Du musst einfach mit aller Kraft an etwas anderes Denken. Dann werde ich wieder unsichtbar. Aber drehe dich nicht um, um nach mir zu schauen. Sobald du das machst, werde ich wieder sichtbar. Verstanden?"

„Wenn es sonst nichts ist...", sagte Lia und überlegte angestrengt, welches Thema sie so sehr ablenken würde, dass sie nicht mehr an den Fremden dachte.

„Du musst dir einen guten Grund einfallen lassen, warum du nach draußen gehst. Wenn du daran denkst, mit mir zu spazieren, dann...", belehrte sie der Fremde erneut.

„Jaja, ich habe schon verstanden."

Lia nahm ihr Handy in die Hand und rief Leslie an. Sie kannte niemand anderes, der sie ablenken könnte. Kurz nachdem sie Leslies Stimme hörte, drehte sie sich mit dem Rücken zu dem Fremden, um sich ganz auf das Telefonat zu konzentrieren.

„LIA!", kreischte Leslie vor Freude ins Telefon.

„Wie geht es dir? Ich freue mich dass du anrufst. Habe

ich dir schon von Max erzählt. Der ist so verrückt. Gestern waren wir ja unterwegs und du glaubst gar nicht was der mir gezeigt hat.", plapperte Leslie direkt los ohne Lia zu Wort kommen zu lassen. Lia ging die Treppe runter und versuchte so gut wie möglich der Geschichte von Leslie zu folgen.

„Der hat ein Lagerhaus angemietet. Das ist voller Schuhe! Kannst du dir das vorstellen? Ein Mann, der hunderte von Schuhen hat."

Leslie lachte laut ins Telefon uns Lia konnte sich genau vorstellen, wie ihre Locken auf und ab hüpften. Sie war nun fast unten an der Treppe angelangt.

„Und er dachte, ich wäre ihm böse oder so, aber eigentlich fand ich das ganz cool. Naja, nachdem ich mich beruhigt hatte. Ich meine wie hättest du denn reagiert?"

„Wahrscheinlich genau wie du.", sagte Lia und schlüpfte aus dem Haus.

„Ich überlege jetzt jedenfalls, ob ich ihn wieder treffen soll oder nicht. Denn ich meine, jeder hat ja irgendwie seine Macken, aber was wenn er noch andere schrecklichere Sachen sammelt? Er ist aber so unglaublich süß."

Lia ging die Straße entlang ohne Ziel und sagte: „Du solltest ihm eine Chance geben. Wer weiß, was noch daraus werden kann?"

„Du hast ja so recht. Deswegen mag ich es so mit dir zu reden. Ich rufe ihn gleich an und frage ihn nach einem zweiten Treffen. Immerhin sind schon fast zwei Wochen rum und da kann man sich ja mal melden."

„Mach' das."

„Okay. Pass' gut auf dich auf. Wir quatschen die Tage. Ich muss jetzt auflegen.", sagte Leslie hektisch und schon war das Telefonat erledigt.

Lia steckte das Telefon in die Tasche. Sie freute sich darauf, Leslie bald mal wieder zu sehen. Ihre offene, stürmische und lockere Art fehlte ihr. Sie ließ weitere Gedanken in ihren Kopf. Sie drehte sich um und der Fremde befand sich ungefähr einen Meter hinter ihr. Er schloss zu ihr auf.

„Ich fühle mich schrecklich, Leslie nur benutzt zu haben, um mich abzulenken.", fing Lia an.

„Das brauchst du nicht. Sie war diejenige, die das Gespräch beendet hat. Du warst eine gute Freundin, die sich mal bei ihr gemeldet hat."

Nicht ganz von dieser Ansicht überzeugt, liefen Lia und der Fremde nebeneinander her.

„Also, du wolltest mir erzählen, was genau mit Theo los ist.", nahm Lia das vorhin angefangene Gespräch wieder auf.

„Du verlierst wirklich keine Sekunde, nicht wahr?", sagte der Fremde.

„Ich bin es einfach Leid, nicht zu wissen was los ist. Nebenbei, wie war dein Name noch gleich?", startete Lia diesmal den Versuch, ein paar persönliche Informationen über den Fremden zu erhalten.

„Du hast aber viele Fragen. Mit welcher sollen wir anfangen?"

„Deinem Namen.", entschied Lia.

„Direkt die schwierigste Frage.", stellte der Fremde fest.

„Wieso die Schwierigste? Jeder hat doch einen Namen.“

„Nicht jeder. Bei mir in der Familie bekommt man nicht von Geburt an einen Namen. Der Name wird einem durch jemand Anderes gegeben.“, sagte der Fremde langsam, als ob er sich bewusst war, wie absurd seine Geschichte klang.

„Das verstehe ich nicht. Von wem wird dir denn dein Name gegeben?“

„Es heißt, es wird eine Person geben, die nicht mit mir verwand ist, welche mich in ihr Herz schließt, sodass ich für immer von jedem gesehen werden kann. Und sobald diese Person mich für immer in ihrem Leben haben möchte, erfährt sie meinen Namen und gibt ihn mir. Zum Neubeginn gibt es also einen Namen und ich werde bis an mein Lebensende sichtbar sein.“

Lia schwieg. Sie konnte sich kaum vorstellen, wie schwer es sein musste, sein ganzes Leben nicht zu wissen, wie man heißt und auf die eine Person zu hoffen, welche einem endlich einen Namen gab.

„Und wie nennen dich deine Eltern?“, fragte Lia neugierig weiter.

„Sohn.“, antwortete der Fremde knapp. Lia war zugleich traurig und belustigt.

„Sind die auch so wie du?“

„Du meinst ein Neryd, ein Unsichtbarer? Mein Vater war einer, bis er meine Mutter kennen lernte.“

„Neryd? So nennt man das, was du bist?“, fragte Lia etwas zu schroff.

„Was ich bin.“, wiederholte der Fremde verächtlich. In Lia schien sich alles zusammenzuziehen. Sie fühlte sich schlecht.

„Entschuldige. Das war taktlos von mir.", versuchte sie die Situation zu retten, doch es war zu spät. Sie sah, wie sich das Gesicht und die Mimik des Fremden wieder verhärtete. Lia wusste nicht, was sie nun machen sollte. Versuchen, sich noch mal zu entschuldigen oder über etwas anderes zu reden, schien ihr nicht richtig. Nachdem sie gut zehn Minuten schweigend nebenher gelaufen waren, fing der Fremde wieder an zu sprechen.

„Jemanden wie Theo nennen wir einen Ikoner. Er versucht für dich perfekt zu sein und dich perfekt für ihn zu machen. Leider nicht durch edle Taten, sondern durch Gedankenkontrolle."

„Und was kann ich dagegen machen?", fragte Lia kleinlaut, um ihr verletzendes Verhalten wieder gut zu machen.

„Ihm aus dem Weg gehen."

„Das kann ich nicht.", sagte Lia bestürzt. „Nicht für immer. Meine Familie lebt hier in Dorwich."

„Dann musst du lernen, deine Gedanken und deinen Willen zu stärken, sodass dich niemand beeinflussen kann."

Dieser Vorschlag klang für Lia durchaus logisch. Auch wenn sie keine Ahnung hatte, wie sie das anstellen sollte. Der Fremde schien ihre zu erahnen, worüber Lia nachgrübelte.

„Du musst mit jemandem üben, der versucht dich zu manipulieren."

„Ja, das habe ich mir gedacht. Ich hatte auch schon überlegt, noch einmal zu Theo zu gehen...", fing Lia an doch der Fremde unterbrach sie.

„Zu ihm auf keinen Fall. Du hast dich in ihn verliebt. Du bist leichte Beute für ihn und auch ohne seine Kontrolle, magst du ihn. Du musst mit jemandem üben, der keine Gefühle in dir auslöst.“

„Und wer bitte soll das sein? Es ist ja nicht so, als ob lauter Ikoner hier herumlaufen und sich die Welt so basteln, wie es ihnen gefällt.“, lachte Lia auf bei der Vorstellung.

„Ich kenne da zufällig jemanden, der mir noch einen Gefallen schuldet.“, sagte der Fremde mit harter Stimme.

„Wie viele Ikoner gibt es denn?“, fragte Lia verblüfft.

„Das lässt sich so leicht nicht sagen. Aber sie sind nicht so selten, wie du denkst.“

„Und woher kennst du den Ikoner?“

„Ikonin. Meine Schwester.“

FILOMENA

Lia lief im Wohnzimmer auf und ab. Ihr Vater saß in seinem Sessel, die Brille vorne auf der Nasenspitze und schaute hin und wieder von seiner Zeitung auf und beobachtete Lia. Ihre Mutter versuchte es ihrem Vater gleich zu machen, konnte sich jedoch noch schlechter auf das Gelesene konzentrieren als er.

„Wer war sie noch gleich?", fragte Elisabeth, Lias Mutter.

„Ach, nur eine Freundin, die ich aus der Schule kenne.", log Lia, bewusst, dass sie viel zu nervös wirkte.

Als es endlich klopfte, zwei Mal kurz, Pause und dann noch einmal, sahen alle drei zur Tür.

„Endlich.", murmelte Lias Vater, schüttelte die Zeitung auf, damit sie besser in der Hand lag und verschwand dahinter.

„Ich gehe schon.", sagte Lia überflüssiger Weise und lief ungelenk zur Haustür. Sie öffnete diese schwungvoll und versuchte ein strahlendes Lächeln aufzusetzen.

Vor ihr stand eine junge Frau, die das komplette Gegenteil des Fremden war. Sie war in etwa so groß wie Lia, aber hatte eine Ausstrahlung, die ihr den Atem raubte. Ihr rotes langes glattes Haar rahmte das hübscheste Gesicht ein, das Lia je gesehen hatte. Ihre Haut schien makellos und rein zu sein. Zugleich jedoch aber auch wie von der Sonne geküsst. Sie hatte feine Gesichtszüge, welche durch ihr strahlendes Lächeln betont wurden. Ihre braunen Augen waren fast golden und von ihr ging ein Leuchten aus, als trage sie die Sonne in sich. Ihre wohlproportionierte Figur war in der engen, schwarzen, verwaschenen Jeans und dem lässigen weißen T-Shit gut zu erkennen.

Inzwischen hatten auch Lias Eltern ihren Lesestoff beiseite gelegt und sahen über Lias Schulter zur Haustür. Lia die noch immer da stand und nichts sagte, erschrak für einen Moment, als die fremde Frau sie herzlich umarmte und quietschte: „Ich freue mich ja so dich wieder zu sehen. Es ist ja schon eine Ewigkeit her."

Lias Sinne schienen überempfindlich zu sein. Sie nahm alles an dieser Frau verstärkt wahr. Ihre Haut war warm und weich und sie roch nach einer Mischung aus Sonnencreme und Lavendel. Ihre Stimme war klar und deutlich zu verstehen, ohne dass sie kühl wirkte.

„Wollen wir in dein Zimmer gehen?", fragte die fremde Frau, da Lia ihre Sprache noch immer nicht wieder gefunden hatte. Stattdessen nickte diese nur und ging voran in ihr Zimmer. Im vorbeigehen winkte die fremde Frau ihren Eltern freundlich zu, die ebenso erstarrt waren wie Lia.

Oben im Zimmer angekommen, hörte die Frau damit auf die beste Freundin von Lia zu spielen.

„Das mit dem Schauspielern hast du noch nicht so ganz drauf, was?", fragte die Frau und setzte sich auf Lias Bett. Lia nahm vorsichtig auf dem Schreibtischstuhl ihr gegenüber platz. Sie konnte nicht aufhören diese Frau anzustarren.

„Ah ja. Ich sehe schon, was mein Bruder meinte. Aber so kommen wir nicht weiter. Kannst du dich umdrehen und dir eine Decke oder so was über den Kopf ziehen? Dann können wir uns vielleicht endlich unterhalten." Lia drehte sich um und zog sich wie empfohlen eine Wolldecke über den Kopf. Lia hörte, wie die Frau prustete vor Lachen.

Unter der Decke dauerte es nur ein paar Sekunden, bis wieder Bewegung in Lias Gehirn eintrat. Sie musste sich gerade fürchterlich zum Deppen machen und dachte an den Fremden, als sie auch schon seine Stimme hörte.

„Filo! Lass' den Unsinn. Du hast deinen Spaß gehabt."

Dann fügte er mit sanfterer Stimme hinzu: „Lia, du kannst die Decke abnehmen und dich wieder herum drehen."

Als Lia sich umdrehte, sah sie das ungleiche Geschwisterpaar auf ihrem Bett sitzen. Sie schaffte es nun, die Frau ganz normal anzusehen und nicht mehr von ihr angezogen zu werden. Das Leuchten schien erloschen zu sein, obwohl sie noch immer bildhübsch war.

„Du musst meine Schwester entschuldigen. Sie ist

manchmal noch etwas kindisch und liebt große Auftritte.", erklärte der Fremde. Seine Schwester boxte ihm spielerisch gegen den Arm. Lia wünschte sich in dem Moment, auch so vertraut mit dem Fremden zu sein.

„Ja, sorry. War nicht so gemeint.", sagte die Frau und zwinkerte Lia zu.

„Schon in Ordnung. Ist ja nichts passiert.", antwortete Lia gefasst.

„Ich bin Filomena, aber alle nennen mich Filo."

„Amalia. Aber Lia gefällt mir besser."

Alle drei in dem Zimmer lächelten sich zufrieden an und Lia überkam das Gefühl, zu dieser Gruppe dazu zu gehören.

„Schön, Lia. Dann erzähl mir doch mal, warum ich hier bin.", fing Filo das Gespräch an.

„Also, da ist dieser Mann, Theo. Wir sind zusammen und dann habe ich bemerkt, dass er mich irgendwie kontrolliert.", beendete Lia lahm die Zusammenfassung der letzten Ereignisse.

„Lia sagte, sie wolle lernen, wie man sich gegen den Einfluss wehren kann und ich dachte, dass kann ihr niemand besser beibringen, als du.", fügte der Fremde hinzu, da Filo ihre Aufgabe bei dem Ganzen noch nicht erkannt hatte. Filo sah den Fremden erstaunt an. Für einen Moment schien sie zu überlegen. Irgendetwas lag ihr auf der Zunge, was sie jedoch nach kurzem zögern doch lieber nicht sagen wollte.

„Ok, ich werde schauen, was ich machen kann.", sagte Filo stattdessen.

„Super. Danke. Aber wie? Gibt es dagegen irgendwie

so etwas wie eine Medizin?", fragte Lia neugierig. Doch nachdem beide anfingen zu lachen wusste sie, dass es wahrscheinlich um einiges schwieriger werden würde.

„Schätzchen, das Einzige was dir dabei hilft, ist Übung und Willensstärke. Zunächst müssen wir ausprobieren, wie viel du aushältst.", sagte Filo und lächelte verschmitzt. Lia warf dem Fremden einen unsicheren Blick zu, doch dieser verzog keine Miene.

„Bist du bereit?", fragte Filo. Lia sichtlich überrascht, wusste nicht ob sie jemals bereit sein würde.

„Was muss ich denn...", fing Lia den Satz an, doch sie wurde von einem starken Gähnen überfallen. Sie merkte, wie sie immer müder wurde und die Augen kaum offen halten konnte. Mit Tränen in den Augen sah sie unscharf, wie Filo sie nicht aus den Augen ließ und dann, mit einem Mal schien die Müdigkeit wie verflogen zu sein. Der Fremde schaute besorgt und ratlos.

„Da fangen wir ja bei dir ganz unten an.", stellte Filo grüblerisch fest.

„Ganz unten?", fragte Lia verdutzt. Sie fühlte sich etwas schummrig.

„Hast du schon einmal etwas von Maslows Bedürfnispyramide gehört?"

„Ähm.", antwortete Lia. Sie hatte des Gefühl, als hätte sie diesen Namen schon einmal gehört.

„Es gibt eine Bedürfnispyramide, welche aus fünf Stufen besteht. In der untersten Stufe stehen Bedürfnisse wie Essen, Trinken und Schlafen. Die Bedürfnisse zu manipulieren wird für eine Ikonin von Stufe zu Stufe schwerer. Es ist dann ebenso schwerer für dich, mir zu wiederstehen. Da du gerade aber fast eingeschlafen bist, müssen wir ganz unten auf Stufe 1 anfangen.", beendete Filo ihren Vortrag.

„Wenn du das wirklich willst, würde ich vorschlagen, dass Filo und du euch die nächsten Tage etwas öfter trefft.", schlug der Fremde vor. „Filo kann so lange bei mir wohnen. Dort könnt ihr euch auch am Besten zum Üben treffen. Keiner wird Fragen stellen oder euch beobachten."

„Und was mache ich wegen Theo?"

„Du solltest dich weiter mit ihm treffen. Schließlich willst du ihm ja wiederstehen können. Das ist dann zusätzlich eine Übung für dich. Filo kann dir zwar die Technik und alles beibringen, doch bei ihm wird der Einfluss auf dich noch größer sein."

„Dann musst du aber ordentlich in ihn verliebt sein. Ich habe schon jahrelange Übung darin und wenn du mich abschütteln kannst, wirst du das auch bei ihm schaffen." Filo versuchte Lia Hoffnung zu machen. „Für eine Ikonin wird die Manipulation der Bedürfnisse von Stufe zu Stufe schwerer.

„Bist du schon seit der Geburt eine Ikonin?", fragte Lia in der Hoffnung, etwas mehr über ihre Fähigkeiten zu erfahren.

„Ja, das kann man so sagen. Man wird mit einer Prägung geboren. Aber es hat fast fünf Jahre gedauert, bis ich endlich angefangen habe, richtig damit umzugehen.", sagte Filo nachdenklich.

„Oh ja, daran erinnere ich mich noch genau.", sagte

der Fremde und lachte hustend.

„Wir saßen abends zusammen vor dem Fernseher und Filo wollte unbedingt etwas Süßes essen. Sie hat geschrien und geweint. Sie war unglaublich laut und nervig und hat unseren Vater angebettelt. Irgendwann sagte sie, dass sie ihn nicht mehr lieb hat und wie auf Knopfdruck stand er auf, um ihr etwas Süßes zu holen. Er war wie ferngesteuert. Meine Mutter und ich versuchten mit ihm zu reden, doch er reagierte erste wieder, als Filo ihre Süßigkeiten hatte und er auf seinem Platz saß. Ab dem Moment wussten wir, dass sie eine Ikonin und keine Nerydin war. Und ab da ging es immer so weiter. Sie ist schon auf Stufe drei eingestiegen und hat sich inzwischen zu einer der Besten gewandelt.", weihte der Fremde Lia ein.

Lia hing begierig an seinen Lippen, um noch mehr über deren Familie zu erfahren. Während der Fremde redete, merkte Lia eine ganz andere Seite an ihm. Er schien offener und gelöster. Er plauderte vor sich hin und wirkte freundlich und fast wie ein normaler Mann. So hatte er sich noch nie zuvor verhalten. In Gegenwart seiner Schwester schien er gelockerter. Oder hatte sie vielleicht auch Einfluss auf ihn?

Der Fremde schien in diesem Moment den gleichen Gedanken zu haben und verstummte abrupt. Er zog sich wieder hinter seine Mauer zurück.

„Tja, ich wollte halt die Süßigkeiten.", griff Filo das Thema wieder auf, ohne gemerkt zu haben, was Lia und der Fremde gerade gedacht hatten. Lia kam plötzlich ein Gedanke: „Kannst du mich nicht so beeinflussen, dass ich dir nicht nachgebe?"

„So funktioniert das leider nicht. Man muss zu dem Ikoner oder der Ikonin schon einen direkten Kontakt haben. Ich kann dich nicht einmal zu etwas zwingen und dann bist du geheilt. Außerdem ist es generell besser, wenn du deinen Willen von alleine bei dir behalten kannst und nicht von mir abhängig bist."

„Also was muss ich genau tun?"

„Du musst dich eigentlich einfach nur konzentrieren. Versuche einen Gedanken in deinen Kopf zu formen und dich an ihm festzuhalten. Irgendetwas, dass du unbedingt willst und das dich ausmacht. Du musst deinen Willen festhalten und ihn nicht mir überlassen.", informierte sie Filo Lia. Lia nickte. Einen Gedanken, was sie unbedingt wollte. Sie überlegte ein paar Sekunden, doch ihr fiel nichts ein. Ihr Wille war, sich nicht manipulieren lassen. Ob dieser Wille stark genug war, würde sie bei der nächsten Übung merken.

„Lass uns dann gehen, Filo. Lia muss sich jetzt ein paar Gedanken machen und dann könnt ihr am besten morgen früh mit dem Training anfangen. Am besten speicherst du die Nummer von Filo auf Kurzwahl ein, damit du schnell mit ihr in Kontakt treten kannst, falls sich etwas neues wegen Theo ergibt. Wir sehen uns dann Morgen.", beendete der Fremde ihr Treffen. Filo sprang freudig auf und umarmte Lia zum Abschied.

„Versuchen wir es noch mal mit einer leichten Beeinflussung. Sobald mein Bruder und ich weit genug weg sind, wird die Wirkung verfallen. Du wirst dich in dieser Zeit nur auf deinen Willen konzentrieren. So komme ich hier alleine raus, ohne dass deine Eltern Fragen stellen. Denn mein Bruder ist dann ja wieder unsichtbar.", erklärte Filo. Lia nickte bang, da sie nicht wusste, womit Filo sie dieses Mal zu beeinflussen versuchte. Filo umarmte sie noch einmal und ging mit starken Schritten zur Zimmertür. Der Fremde und Lia standen sich ratlos gegenüber.

„Bis Morgen.", sagte er knapp und ging auf den Flur. Lia schloss die Tür und lauschte einen Moment in die Stille. Gespannt darauf, welches Bedürfnis sie als nächstes befiehl. Sie versuchte, sich nur auf sich selber zu konzentrieren. „Du willst dich nicht beeinflussen lassen", murmelte Lia immer wieder vor sich hin, wie ein Mantra. Sie schloss die Augen und versuchte sich nur auf diesen Satz zu fokussieren. Das Ergebnis ließ nicht lange auf sich warten. Auch wenn sie das Gefühl hatte, dass die Wirkung sich etwas langsamer ausbreitete als bei den anderen Malen.

Hastig stürmte sie aus dem Zimmer ins Badezimmer und drehte den Wasserhahn auf. Sie hatte einen unnatürlich starken Durst und all das Wasser aus dem Wasserhahn schien nicht genug zu sein. Nach einiger Zeit merkte sie, wie ihr Durst gestillt wurde. Filo und der Fremde mussten nun also weit genug von ihr entfernt sein. Mit glucksendem Bauch setzte sich Lia auf den Badezimmerboden und grinste.

KOMPROMISSE

Sie musste einen Gedanken finden, der sie ausmachte. In ihrem Kopf sollte sie an ihrem Willen festhalten. Nach kurzem Überlegen stellte Lia fest, dass es gar nicht so einfach war, ihren eigenen Willen zu formulieren. Was wollte sie eigentlich? Sie wollte unabhängig sein und frei entscheiden können. Doch wie sollte sie das schaffen, wenn sie bei einem Blick in die Augen von Theo dahinschmolz? Wenn sie es schaffte, sich nicht mehr manipulieren zu lassen, dann hatte ihre Beziehung vielleicht eine Zukunft. Sie musste es versuchen, auch wenn es schwierig sein würde. Sie nahm ihr Handy und tippte eilig eine Nachricht an Filo: „Gehe zu Theo. Ich muss es versuchen." Ihre Antwort ließ nicht lange auf sich warten: „Glaube an dich selbst und rufe mich danach an. Mein Bruder wird in der Nähe sein ;-)"

Lia grinste in sich hinein. Langsam fand sie gefallen an dem Gedanken, dass immer jemand bei ihr in der Nähe war, wenn sie den Fremden brauchen würde. Und nur sie konnte bestimmen, wann sie ihn sehen wollte oder nicht. Dieses Gefühl von Kontrolle formte sich in ihrem Kopf zu einem klaren Gedanken. Ich habe die

Macht.

Dieses Gefühl festhaltend und den dazu passenden Spruch auf den Lippen, machte sich Lia auf den Weg zum Jugendzentrum. Sie achtete kaum auf ihre Schritte, sondern versuchte angestrengt konzentriert zu bleiben. Daher erschrak sie dementsprechend, als jemand hinter ihr ihren Namen rief. Zerstreut schaute sie über die Schulter und sah Mirijam.

„Was rennst du denn so? Hast du mich nicht gesehen?", fragte diese außer Atem.

„Ich war in Gedanken, sorry.", entgegnete Lia.

„Wo läufst du denn hin? Oder hast du gar kein Ziel?"

„Ich wollte zu Theo."

Mirijam strahlte: „Ich finde es so schön, dass ihr beide ein Paar seid. Hätte ja keiner von uns damals gedacht, dass sich zwischen uns allen mehr entwickeln könnte."

„Ja...", sagte Lia bedrückt.

„Ist alles in Ordnung?"

Lia wusste nicht, ob sie Mirijam erzählen sollte, was tatsächlich in ihr vor sich ging. Sie hätte auch gar nicht gewusst, wo sie anfangen sollte. Die ganze Geschichte klang so unglaublich, dass ihr wahrscheinlich sowieso niemand glauben würde. Dennoch hatte sie den Drang mit jemandem darüber zu reden, auch wenn sie die Wahrheit etwas abwandeln musste.

„Hattest du schon einmal das Gefühl, dich in einer Beziehung total zu verbiegen und zu verändern?", fing Lia an.

„Na klar.", platzte Mirijam sofort heraus. „Meistens merkt man das erst zu spät. Du bist am Anfang immer verliebt und ihr macht viel gemeinsam und dann, wenn das Gefühl abklingt, stellst du fest, dass du nicht mehr Klassenbeste bist."

Lia nickte zustimmend. Auch wenn sie noch nie Klassenbeste war, verstand sie, was Mirijam ihr damit sagen wollte.

„Und du glaubst, dass Theo dich verändert?", wurde das Gespräch wieder aufgegriffen.

„Mhm."

„Das glaube ich nicht. Ihr seid doch noch gar nicht lange genug zusammen, sodass er dich hätte verändern können. Wie lange schon?"

„Fast einen Monat."

„Das ist ja noch nicht lange. Nimm' Rick und mich. Wir sind nun fast schon fünf Jahre zusammen. Wir haben uns beide verändert. Da hat jeder den anderen beeinflusst und durch gemeinsame Erlebnisse haben wir uns als Team weiter entwickelt. Wie soll dich Theo denn verändert haben?"

„Ich weiß nicht. Ich merke einfach, dass ich mich anders verhalte."

„Also hör' mal, alles was ich feststellen konnte war, dass du seit Beginn eurer Beziehung dich echt zum positiven verändert hast. In seiner Gegenwart lachst du die ganze Zeit und bist viel lockerer. Ich denke, er macht dich glücklich und davor hast du Angst.", analysierte Mirijam sie.

Lia nickte nur. Vielleicht war ja da etwas dran. Doch sie konnte Mirijam unmöglich erzählen, dass sie nicht komplett freiwillig glücklich war. Mirijam fuhr damit fort Argumente aufzuzählen, warum Lia sich keine Gedanken machen musste, doch Lia hörte ihr nicht richtig zu.

Auf der anderen Straßenseite sah Lia zwei Jungen. Sie waren beide komplett in schwarz gekleidet und kamen ihr sehr bekannt vor. Waren diese beiden nicht auch neulich nachts im Park gewesen? Lia dachte einen Moment darüber nach. Dann fasste sie einen Entschluss und wechselte die Straßenseite.

„Lia, was...", fing Mirijam an, doch Lia ignorierte sie. Sie hatte nur die beiden Jungs noch im Blick.

„Hey ihr beiden.", rief sie schon von weitem den beiden Jungs entgegen. Sie sahen desinteressiert zu ihr herüber und schienen sich zu fragen, was Lia nur von ihnen wollte.

Leicht außer Atem kam sie bei den beiden an.

„Seid ihr nicht Freunde von Jonah?", fragte sie gerade heraus. Die Jungs sahen sie skeptisch an.

„Wer will das wissen?", fragte der Größere von beiden in feindseligem Ton.

„Ich bin seine Schwester."

„Und wieso willst du das wissen?"

„Einfach nur so. Ich habe euch nachts im Park gesehen.", sagte sie mit einem siegessicheren Lächeln auf den Lippen.

„Na und?"

„Was habt ihr da gemacht? Nehmt ihr Drogen?"

„Komm', lass uns abhauen.", sagte der Kleinere zu dem Anderen.

„Hey, antwortet mir doch!", schrie Lia ihnen hinterher.

„Was habt ihr da gemacht?“ Doch die Jungs sahen sie nur an, als wäre sie eine Verrückte und liefen weiter. Inzwischen hatte Mirijam zu ihr aufgeschlossen.

„Kanntest du die beiden?“, fragte Mirijam nachdenklich. Lia wischte die Frage weg und sie liefen weiter Richtung Jugendzentrum.

„Ich komme noch kurz mit rein und sagen Hallo.“, verkündete Mirijam und lief mit der nachdenklichen Lia im Schlepptau auf Theos offenes Büro zu. Theo sah die beiden schon von weitem und begrüßte sie mit einem breiten Lächeln.

„Zwei hübsche Frauen auf einmal. Womit habe ich das denn verdient?“, fragte er lachend und umarmte Mirijam. Anschließend ging er zu Lia und küsste sie. Er sah heute sehr gut aus.

„Ich habe Lia auf dem Weg getroffen und wollte kurz mit rein. Aber nun lasse ich euch beiden Süßen mal alleine.“, trällerte Mirijam. Beim Verlassen des Raumes kniff sie Lia leicht in den Arm und warf ihr einen strengen Blick zu, der nur für sie bestimmt war. Vermassel' es bloß nicht.

Kaum waren die beiden alleine im Büro, ging Theo zur Tür uns schloss diese.

„Warum redest du nicht mit mir?“, fragte Theo sie mit zusammengezogenen Augenbrauen.

Lia versuchte sich unwissend zu stellen: „Was genau meinst du? Ich bin doch hier.“

Beide hatten die Situation von neulich abends im

Kopf.

„Ich hatte dich darum gebeten, nicht zur Uni zu fahren und du bist trotzdem gefahren. Ich habe mir Sorgen gemacht.“, sagte Theo und sah ihr tief in die Augen.

Ich habe die Macht, rief sich Lia ihr neues Motto in den Kopf.

„Weiß du, der Empfang ist abgebrochen und ich wollte rechtzeitig, bevor es wieder dunkel wurde, los und in der Sonne war es zu warm...“, versuchte Lia verzweifelt eine Ausrede zu finden, die stark genug war, dass Theo sie hinnehmen würde.

„Ich habe mir Sorgen gemacht.“, wiederholte er.

Ich habe die Macht. Lia brauchte sich nicht für ihre eigenen Entscheidungen entschuldigen.

„Kannst du mir versprechen, mir nicht wieder so einen Schrecken einzujagen?“, fragte Theo flehend und nahm Lia in den Arm. Sie sog seinen Geruch ein und merkte, wie ihre Knie und ihr Willen weich wurden. Sie rang mit den Worten und wollte Theo erklären, dass sie sich nichts von ihm vorschreiben lassen wollte.

„Ich will doch nur das Beste für dich.“, flüsterte Theo ihr in ihr Ohr. Vielleicht wollte er das ja wirklich und handelte nur in Lias Sinn. Vielleicht merkte sie das auch gar nicht. Ich habe die Macht.

„Das Beste für uns.“, fuhr er fort.

Andererseits war Lia glücklich, als sie sich fallen lassen konnte. Jetzt zu widersprechen war unglaublich anstrengend. Verliebt zu sein war gerade viel einfacher. Ihr Wille schwand.

Als Theo: „ich brauche dich.“, in ihr Ohr hauchte, war es um Lia geschehen. Sie konnte ihm nicht mehr widerstehen. Sie beugte sich nach hinten und küsste Theo leidenschaftlich. Dabei fuhr er mit seinen Händen durch ihre kurzen, schwarzen Haare. Er zog sie näher an sich.

Als Lia ein paar Minuten später mit zerzausten Haaren und nicht mehr vorhandenem Lippenstift das Jugendzentrum verließ, fand sie draußen vor der Tür Filo stehend.

„Na, das schien ja geklappt zu haben.", sagte diese prustend bei Lias vernebeltem Anblick.

„Ich habe mich echt bemüht.", sagte Lia kleinlaut. Das Gefühl der Berauschtheit schien langsam abzuklingen.

„Das sehe ich."

„Ich war wirklich ein paar Minuten länger bei Verstand als sonst...", fing Lia an, doch sie merkte, dass sie sich die Situation selber schön redete. Nachdem sie erneut Filos Blick begegnete, die nun eine Augenbraue nach oben zog, sagte Lia: „Woher weiß ich, ob ich gerade aus Liebe oder Manipulation handle?"

„Das, meine Liebe, ist eine gute Frage. Wenn du der Kontrolle widerstehen kannst und dich trotzdem so komisch verhältst, weißt du, dass es Liebe ist."

Filo schlang den Arm um Lias Schulter.

„Woher wusstest du, dass ich hier bin?"

„Mein Bruder hat es mir gesagt."

Der Fremde. An ihn hatte Lia die ganze Zeit gar nicht mehr gedacht. Wie auf sein Zeichen erschien der Fremde hinter den beiden und sagte: „Vielleicht solltet ihr jetzt direkt zu mir kommen und mit dem Üben anfangen.", seine Stimme klang steif.

Nachdem sie ein Stück mit dem Auto gefahren und ein paar Straßen zu Fuß zurück gelegt hatten, befanden sie sich am Ziel. Der Fremde wohnte in einem Haus etwas weiter außerhalb der Stadt. Es lag verborgen hinter einer Reihe von Bäumen und sah viel zu prunkvoll für jemanden in seinem Alter aus. Lia wurde erneut bewusst, dass sie kaum etwas von dem Fremden wusste. Das alte Herrenhaus war weiß und hatte zwei Etagen. Die Farbe der grünen Fensterläden schien bereits abzublättern, was ihm noch mehr Scham zugestand. Lia war überrascht, so ein eindrucksvolles Haus hier vorzufinden. Sie gingen die Treppe zur breiten Eingangstür hoch und befanden sich mitten in einem ausladenden Eingangsbereich. Sonnenlicht strömte herein und zeigte die Fußabdrücke des Fremden in einer dicken Staubschicht.

„Du hättest aber ruhig mal putzen können.", fing Filo direkt an zu meckern.

„Die Arbeit habe ich für dich gelassen.", erwiderte der Fremde stichelnd.

„Vielleicht möchte Lia ja auch putzen?", sagte Filo und streckte die Zunge heraus.

Lia befürchtete, dass sie gleich gegen ihren Willen auch den Knien herumrutschen und putzen würde.

„Lass' den Quatsch.", blaffte sie jedoch der Fremde an.

Lia sah sich mit großen Augen und offenem Mund um.

„Das Haus gehört unseren Eltern. Sie reisen gerne und haben, ich glaube inzwischen an die zehn verschiedenen Häuser überall im Land stehen. Was ein Zufall, dass eines so nah bei dir ist.", sagte Filo, um die Situation zu erklären. Sie gingen in den Garten, der im Wesentlichen aus alten abgerissenen Mauern bestand.

„Was stand denn hier einmal?", fragte Lia neugierig.

„Wir nennen es "die Ruinen". Ich glaube, als unsere Eltern noch kleiner waren, war es ein Labyrinth."

„Und wieso sind es jetzt nur noch Reste?"

„Es ist im Laufe der Zeit...kaputt gegangen.", erklärte Filo kurz abgebunden. Der Fremde setzte sich auf einen Stein nah am Haus und ließ die Frauen weiter laufen.

In der Sonne war es warm und sie suchten sich einen Platz etwas weiter vom Haus entfernt im Schatten. Lia warf einen Blick zu dem Fremden. Er schien sie ebenfalls zu beobachten, wollte sich aus dem Training jedoch heraus halten. Filo folgte Lias Blick.

„Ja, es wird Zeit, dass er endlich seinen Namen bekommt. Vielleicht findet er dann etwas Ruhe im Leben."

Filo streckte sich und Lia bestaunte abermals ihre gute Figur.

„Gut. Hast du über deine Aufgabe nachgedacht und einen Gedanken gefunden, der stark genug ist, um deinen Willen zu stützen?"

Widerwillig wandte Lia den Blick von dem Fremden ab und sagte. „Ja, habe ich."

„Gut, sehr gut. Dann fangen wir mit den leichten Sachen an."

Filo stellte sich Lia gegenüber. Lia versuchte sich so gut es ging auf ihr Gefühl zu konzentrieren. Ich habe die Macht.

„Bist du bereit und konzentriert?"

Lia nickte als Antwort.

„Gut."

Das letzte was Lia vor dem Einschlafen sah, war Filo, die leicht lächelte und wunderschön war. Dann sackte sie zusammen und schlief. Genauso plötzlich wie sie eingeschlafen war, wachte Lia auch wieder auf. Filo stand noch an genau der gleichen Stelle.

„Hast du dich überhaupt konzentriert?", fragte Filo nachdenklich während Lia sich aufrappelte.

„Ja, habe ich. Versuch' es noch mal.", sagte Lia verärgert über sich selbst.

Und wieder sah ihr Filo in die Augen und Lia merkte, wie sie müde wurde. Dieses Mal beendete Filo die Kontrolle, bevor Lia auf den Boden fiel und einschlief. Nachdenklich und mit schiefem Kopf schaute Filo Lia an.

„Ich glaube, dein Gedanke ist nicht stark genug.", mutmaßte Filo. „Lass' mal hören, woran du denkst."

Lia wurde rot. Es war ihr etwas peinlich, ihr Mantra laut auszusprechen. Sie ging ein paar Schritte näher zu Filo und nuschelte: „Ich habe die Macht."

Filo blickte sie überrascht an und fing dann laut an zu lachen. Lia wurde noch röter.

„Das ist dein stärkster Gedanke? Du musst hinter deinem Willen stehen und ihn mir nicht zu flüstern, als hättest du etwas Verbotenes getan."

Lia blickte zu Boden und trat mit der Fußspitze gegen einen unförmigen Grasbüschel.

„Dein Gedanke muss etwas sein, dass du laut und stark in die Welt hinaus schreien kannst."

Filo streckte die Hände zum Himmel und gab einen lauten Schrei von sich. Lia warf einen verborgenen Blick zu dem Fremden, der noch immer leise im Schatten saß und sie beobachtete. Filo ließ die Hände fallen und sah Lia an.

„Was läuft da eigentlich zwischen dir und meinem Bruder?", wollte sie neugierig wissen. Lia versuchte zunächst die Distanz zwischen ihnen abzuschätzen, damit sie sicher sein konnte, dass er ihr Gespräch nicht belauschen konnte.

„Nichts.", antwortete sie knapp.

„Bist du dir sicher?"

„Klar. Ich kenne ihn überhaupt nicht. Wie soll sich denn eine Freundschaft oder etwas in der Art entwickeln, wenn man nichts von dem Anderen weiß?"

„Nun, das Geheimnis kann sehr reizvoll sein."

„Zu dir verhält er sich ganz anders."

„Ja, weil ich seine Schwester bin. Wir kennen uns schon ewig. Er denkt etwas anders als wir. Ich denke er wird sich erst der Person öffnen, bei der er das Gefühl hat, dass sie seinen Namen wissen könnte. Er wurde leider schon zu oft enttäuscht.

„Aber wie kann er das denn herausfinden, wenn er es nicht mal versucht? Ich meine, schau' ihn an. Er spricht mit kalter Stimme und zieht nie seinen Mantel aus. Manchmal wirkt er wie eine Maschine.", gestand Lia.

„Ja, da hast du recht. Doch im Grunde meint er es immer gut. Er hat ein ehrliches Herz. Auch wenn er das nicht oft zeigt.“, Filo zwinkerte. „Wollen wir es noch einmal versuchen?“

Nachdem Lia noch zwei Mal umgefallen und eingeschlafen war, schaffte sie es beim dritten Mal ein paar Sekunden länger durchzuhalten.

„Das ist doch schon einmal ein Anfang.“, lobte sie Filo. „Lassen wir es für heute am Besten gut sein. Das ist schon Anstrengung genug für dich.“

„Ich will es weiter versuchen. Ich muss es schaffen.“

„Deinen Ehrgeiz in Ehren, aber ich glaube du solltest dich lieber etwas ausruhen und wir machen morgen weiter. Ein ausgeschlafener Verstand ist auch gleichzeitig ein starker.“

Zwei in einem

Am nächsten Morgen nutzte Lia die Gelegenheit vor dem täglichen Training mit Filo, zusammen mit der Familie zu frühstücken. Sie hatte gestern den ganzen Abend noch mit Theo telefoniert und ihm glaubhaft erklärt, dass sie sich heute mit einer Freundin träfe und daher keine Zeit habe, sich mit ihm zu treffen. Ihr entging nicht, wie er versuchte, sie zu manipulieren, doch es war viel einfacher geworden, ihm am Telefon zu widerstehen, als wenn sie ihn persönlich sah.

An diesem Morgen saß nach einiger Zeit auch wieder Jonah mit am Essenstisch. Lia bemerkte, dass er die gleichen Sachen trug, wie am Tag zuvor und müde aussah. Er musste sich wieder die halbe Nacht draußen aufgehalten haben. Dennoch fiel ihr auf, dass er merkwürdig geladen aussah. Als würde ihn etwas ärgern und er wäre sauer, dürfe es aber nicht rauslassen oder es zeigen. Auch Josefine sah ungewohnt müde aus. Nachdem das Frühstück eher beendet wurde, als sonst, da keiner in der Stimmung war etwas zu erzählen, machte sich Lia auf den Weg zu Filo.

Lia genoss es inzwischen, die Geschwister zu besuchen. Filo war für sie schon fast eine Freundin geworden. Sie wusste zwar allgemein wenig über die Beiden, aber zumindest hatte sie das Gefühl, dass Filo sie verstand und sie ihr vertrauen konnte. Als Lia wie selbstverständlich um das Haus auf den Garten zu ging, sah sie schon in einiger Entfernung die beiden auf der Gartenschaukel sitzen. Lia entging nicht, dass der Fremde zum ersten Mal nicht seinen langen Mantel trug. Er hatte dennoch einen schwarzen Pulli an, den er an den Armen hochgekrempelt hatte. An seinem linken Unterarm fiel ihr wieder das Tattoo auf. Lia mochte eigentlich keine Tattoos, doch bei ihm schien es selbstredend zu ihm zu gehören. Seine Haare hatte er zu einem lockeren Zopf nach hinten gebunden, sodass sie mehr von seinem Gesicht erkennen konnte. Sie erkannte maskuline Wangenknochen, ehe der Fremde aufblickte und direkt ihren Blick traf. Seine blauen Augen sahen mit einer Selbstverständlichkeit zu ihr, als hätte er genau gewusst, wo Lia stand. Lia schlenderte weiter auf die beiden zu. Filo hingegen lief stürmisch mit federnden Schritten ihr entgegen. Beide umarmten sich wie langjährige Freundinnen.

„Bist du bereit?", fragte Filo aufgeregt. Lia machte es immer etwas Sorge, dass Filo anscheinend einen großen Spaß daran hatte, Lia zu manipulieren.

„Ja, ich glaube, heute wird es besser laufen.", verkündete Lia mit großer Zuversicht. Aus dem Augenwinkel beobachtete sie den Fremden, der sie nur mit einem angedeuteten Lächeln begrüßt hatte. Er hielt sich bei den

Trainings zurück. Lia und Filo stellten sich gegenüber auf.

„Lia, ich glaube du hast Durst.", fing Filo an und grinste schelmisch.

„Nein, habe ich nicht.", äußerte Lia mit nachdrücklicher Stimme. Sie konzentrierte sich und spürte noch nicht einmal den Anflug von Durst, Müdigkeit, Hunger oder sonst einem Grundbedürfnis.

„Sicher?"

Ganz langsam spürte Lia, dass der Speichel in ihrem Mund weniger wurde. Mit aller Macht versuchte sie sich nicht auf ihren trockenen Mund zu konzentrieren, sondern dachte an ihren Willen.

„Du kannst dir gerne ein Schluck Wasser holen.", probierte es Filo erneut. Ihr Lächeln wurde nun düsterer und wirkte fast bedrohlich. Lia spürte, dass sie Durst bekam. Jedoch war das Verlangen nicht so stark, dass sie direkt ins Haus rennen musste. Sie kannte das Gefühl des Drangs nun besser und konnte ihn aushalten. Auch, wenn es anstrengend war.

„Nein."

Ein paar weitere Sekunden sahen sich die beiden Frauen in die Augen. Als Lia merkte, dass der Durst weniger wurde und Filos Gesicht sich wieder wunderschön erhellte, wusste sie, dass sie es geschafft hatte. Zum ersten Mal war es ihr gelungen, der Manipulation von Filo stand zu halten und ein Gefühl unbändiger Freude durchströmte sie.

„Du hast es geschafft!", kreischte Filo und sie fielen sich vor Freude hüpfend in die Arme. Lachend schaute

Filo zu dem Fremden und zum ersten Mal sah sie ihn offen und voller Stolz lächeln. Dabei zeigte er seine strahlend weißen Zähne und Lia verschlug es für einen Moment den Atem. Er sah aus, wie ein ganz anderer Mensch.

„Lass' es uns noch mal versuchen!"

Nach weiteren vier Manipulationen schaffte es Lia alle, bis auf die Letzte, von sich ab zu wenden. Danach war sie einfach zu erschöpft, um noch weiter zu trainieren. Sie setzte sich zusammen mit Filo und dem Fremden auf die Gartenbank. Als Filo ins Haus lief, um Essen und Trinken zu holen, saßen Lia und der Fremde alleine nebeneinander. Es entstand eine merkwürdige Stille. Sie hatten schon lange nicht mehr miteinander gesprochen. Lia wollte ihn nicht bedrängen, da sie das Gefühl hatte, er wollte nichts von sich aus preisgeben. Nach einiger Zeit konnte Lia ihr Glücksgefühl nicht weiter verbergen.

„Ich werde immer besser.", verkündete sie stolz.

„Daran habe ich nicht einen Moment gezweifelt."

Lia lief leicht rot an, wie immer, wenn sie nicht wusste, wie sie mit einem Kompliment umgehen sollte. Sie seufzte.

„Vielleicht kann die Beziehung zwischen mir und Theo ja irgendwann dann doch gerettet werden."

„Vielleicht."

„Und dann kann ich endlich herausfinden, was ich später einmal machen könnte."

Der Fremde sah sie unverwandt an.

„Könntest du mit jemandem zusammen sein, von dem du weiß, dass er dich manipulieren wollte?“

Lia dachte unangenehm berührt über diese Frage nach. Sie spürte, was der Fremde von Theo dachte. Sie fühlte sich persönlich angegriffen und hatte das Gefühl, Theos Verhalten rechtfertigen zu müssen.

„Vielleicht manipuliert er mich ja gar nicht mit Absicht und bekommt von alledem gar nichts mit.“, sagte sie verärgert.

„Glaub’ mir, aus meiner Erfahrung kann ich behaupten, dass man niemanden aus Versehen manipuliert.“

„Und warum hat er es dann nicht schon damals gemacht? Immerhin kennen wir uns schon unser ganzes Leben.“, fragte Lia schneidig nach. Der Fremde stockte.

„Was hast du da gerade gesagt?“

Lia wusste nicht, ob sie nun einen Schritt zu weit gegangen war.

„Es tut mir Leid, ich wollte dich nicht so...“, fing sie an doch sie wurde von dem Fremden unterbrochen.

„Nein, nein. Was hast du da gerade gesagt? Du kennst ihn schon dein ganzes Leben lang?“, fragte er erschrocken und entsetzt zugleich mit weit aufgerissenen Augen.

„Nun, nicht mein ganzes Leben. Aber seit der Vorschule waren Mirijam, Rick, Theo und ich bis vor ein paar Jahren unzertrennlich.“

Lia sah, dass das Gesicht des Fremden blass geworden war. Auch Filo, die mit einem Ohr das Gespräch belauscht hatte, kam mit ungewohnt schockiertem Gesichtsausdruck zurück in den Garten.

„Und du hattest vorher noch nie das Gefühl, dass er dich oder euch manipuliert hat?", fragte Filo nach.

„Nein. Also, ich weiß es nicht. Bis vor kurzem habe ich ja auch nicht gemerkt, dass er mich manipuliert hat.", sagte Lia. „Wieso? Was ist denn los?"

Keiner der beiden antwortete ihr. Filo und der Fremde sahen sich an. Die Spannung schien zum zerreißen gespannt.

„Ich muss mich erst einmal setzen.", sagte Filo erschöpft und ließ sich neben Lia fallen.

„Kann mir einer bitte sagen, was hier los ist?"

Filo beugte sich nach vorne und nahm Lias Hände in ihre.

„Ist dir irgendwas an Theo aufgefallen? Ich meine an seinem Aussehen? Hat er sich stark verändert?", fragte Filo und hielt die Luft an. Lia dachte einen Moment darüber nach.

„Nun ja, klar hat er das."

Filo und der Fremde rissen weit die Augen auf, als hätte Lia gerade ihren schlimmsten Alptraum bestätigt. Um sie zu beschwichtigen sagte Lia rasch: „Aber ich meine, wer hat sich denn nicht verändert? Ich habe ihn immerhin ein paar Jahre nicht gesehen. Er hat mehr Muskeln bekommen und sein Gesicht ist kantiger. Aber jeder verändert sich, wenn er älter wird.", lachte Lia, um die Situation zu entspannen. Filo ließ den Kopf in die Hände sinken. Lia blickte ratlos und besorgt umher und schaute fragend den Fremden an.

Der Fremde und Filo sahen sich an und nickten.

„Wir glauben, dass in Theo ein Shapewalker steckt.“,
erklärte der Fremde mit trockener, monotoner Stimme.

„Ein was?“, fragte Lia fast schon belustigt.

„Ein Shapewalker.“

Lia hörte langsam auf zu grinsen, als sie bemerkte,
wie ernst Filo und der Fremde sie ansahen.

„Ein Shapewalker lebt, wie der Name schon sagt, in
unterschiedlichen Menschen. Und dieser hier scheint
sehr mächtig zu sein, denn er ist außerdem ein Ikoner.“,
erklärte Filo langsam und nachdenklich. In Lias Kopf
drehte sich alles.

„Moment, Moment. Ihr meint, dass in Theo jemand
fremdes drin steckt?“, fragte Lia ungläubig. Sie sah zwischen den beiden hin und her. Beide nickten.

„Fähigkeiten, wie die Kontrolle über Gedanken und
Willen sowie die Manipulation, kann man nicht er-
lernen. Entweder man besitzt die Gabe von Geburt an
oder nicht. Du hast gesagt, dass du Theo schon lange
kennst und er hat dich früher nicht manipuliert. Daher
bleibt die einzige Schlussfolgerung, dass er von einem
Shapewalker besessen ist.“, folgerte Filo.

„Unmöglich. Kann es nicht sein, dass Theo von Geburt an ein Ikoner ist und es nur zu spät gelernt hat?“,
versuchte Lia verzweifelt eine Begründung für sein Verhalten zu finden.

„Nein.“, nahm ihr der Fremde den Wind aus den Se-
geln.

„Es kommt sehr selten vor, dass man Ikoner und Shapewalker ist, aber es ist nicht unmöglich. Normalerweise erbt man nur eine Eigenschaft von seinen Eltern.

Wie bei meinem Bruder und mir. Wer auch immer in seinem Körper steckt, muss sehr mächtig sein.", erklärte Filo.

„Das kann und will ich nicht glauben. Das heißt, der Mann ist eigentlich gar nicht Theo? Und in wen habe ich mich dann verliebt?" Lia fing langsam an panisch zu werden.

„Ein Shapewalker beobachtet meist zuvor die Personen, welche er übernehmen möchte. Daher adaptiert er ihren gewohnten Lebensrhythmus. Vielleicht hat er oder sie es auch geschafft, Theo zu manipulieren und so noch mehr Informationen über seinen Charakter zu bekommen. Shapewalker werden meist dadurch entdeckt, dass sie sich ganz anders verhalten, als die vorherige Person. Doch wenn er auch noch ein Ikoner ist, könnte er oder sie es geschafft haben, Theo unauffällig zu übernehmen."

Nun wurde auch Lia bleich im Gesicht.

„Und was ist mit Theo?", fragte sie ängstlich.

„Ihm wird nichts passieren. Erfahrungsberichte sagen, dass eine übernommene Person sich an nichts erinnert und auch keinen Schaden davon trägt. Die Frage ist nur, wie lange der Shapewalker schon in ihm ist.", überlegte der Fremde laut.

„Woher wisst ihr das denn alles?", fragte Lia noch immer ungläubig.

„Wir haben dir doch von unseren Eltern erzählt, oder?", fragte Filo.

„Ja, ich glaube schon. War dein Vater nicht ein Neryd

bis er deine Mutter traf? Und deine Mutter war eine Ikonin?", begann Lia nachdenklich.

„Genau. Und du weißt auch, dass wir quer im Land Häuser verteilt haben."

Lia nickte.

„Nun, unsere Eltern hatten es sich als Ziel gesetzt, wie unsere Großeltern durch das Land zu reisen und nach Personen Ausschau zu halten, die geprägt waren. Sie wollten ihnen helfen, ihre Prägung handhaben zu können und am normalen Leben unauffällig teilzunehmen. Nach einiger Zeit hatten sie jedoch so viele Leute gefunden, die interessiert waren, dass sie beschlossen, eine Art Schule aufzubauen, wo Menschen mit unterschiedlicher Prägung lernen können."

„Es gibt also noch mehr als Neryden, Ikonen und Shapewalker?", horchte Lia nach.

„Noch viel mehr. Aber die spannendere Frage ist, wie bekommen wir den Shapewalker aus Theo heraus?", überlegte Filo laut.

„Lass' uns am Besten mit unseren Eltern sprechen und die Unterlagen durchschauen.", schlug der Fremde vor.

Lia sprang hektisch auf. Ihr wurde das alles zu viel. Ihr ehemals bester Freund sollte besessen sein und überall gab es geprägte Leute auf der Welt. Ihr Atem geht immer schneller.

„Vielleicht irrt ihr euch doch und mit Theo ist alles in Ordnung. Ich muss jetzt gehen und ein bisschen den Kopf frei kriegen.", teilte Lia hastig mit und verließ ohne ein weiteres Wort oder sich umzudrehen den Garten.

Ohne auf ihre Schritte zu achten, landete sie schließlich vor dem Jugendheim. Es schien langsam zu dämmern, doch es brannte noch immer Licht. Sie war aufgewühlt von dem Gespräch und wollte ihnen beweisen, dass Theo einfach nur einen großen Einfluss auf sie hatte und er noch immer der Gleiche war. Bevor sie die Tür öffnete, steckte Lia die Hände in ihre Jackentaschen und schloss die Augen. Sie atmete ein paar Mal tief durch, um wieder zur Besinnung zu kommen. In ihrer Jackentasche befand sich etwas. Sie schloss die Hand darum und zog es heraus. Es waren die Nusskekse von Mrs. Garris, die Theo und sie damals so gerne gegessen hatten. Bei dem Gedanken an sein Gesicht, als er Bauchschmerzen von zu vielen Keksen bekommen hatte, konnte sie sich noch gut erinnern und ihr wurde warm ums Herz.

Ein lautes Quietschen riss sie aus ihren Gedanken. Die Tür von Jugendheim schwang geräuschvoll auf. Lia blinzelte gegen das grelle Licht an und erahnte die Silhouette von Theo.

„Schatz? Was machst du denn hier?", fragte Theo erstaunt und trat neben sie. Er warf einen skeptischen Blick auf die zu Krümel gewordenen Kekse in Lias Hand.

„Ich wollte dich überraschen.", suchte Lia eilig nach einer Ausrede.

„Wolltest du dich heute nicht mit einer Freundin treffen?", Theo war skeptisch. Lia zuckte nur mit den Achseln. Sie wollte mit Theo nicht über ihr Gespräch mit Filo und dem Fremden erzählen. Theo war ein ganz normaler Mann.

„Möchtest du einen Keks? Es sind die mit Nuss von Mrs. Garris.“, versuchte Lia einen Grund zu finden, warum sie noch immer die Kekse in der Hand hatte.

„Urg. Ich bin gegen Nüsse schon mein Leben lang allergisch. Den Anblick möchte ich dir ersparen.“, erklärte Theo. Lia erinnerte sich, dass er so etwas in der Art schon bei ihrem ersten Date erwähnt hatte, versuchte sich aber nichts anmerken zu lassen. Theo, also ihr Theo den sie von damals kannte, war nicht gegen Nüsse allergisch. Ihr wurde unwohl im Magen. Vielleicht hatte Filo ja recht und es war ein Shapewalker in ihm. Wer war dieser Mann nur?

„Hör’ zu, ich habe nicht viel Zeit. Am Besten gehst du nach Hause.“, sagte der Shapewalker in Theo. Lia merkte, dass er sie manipulierte und obwohl sie sich dagegen wehren konnte, wollte sie es nicht. Sie musste all die Informationen in ihrem Kopf verarbeiten und es war besser, den Shapewalker in dem Glauben zu lassen, dass er sie noch immer beherrschen konnte.

Nach einem kurzen Abschiedskuss machte sie sich wie befohlen auf den Weg nach Hause. Wahrscheinlich hätte sie Filo und den Fremden darüber informieren müssen, dass ihr Theo sich tatsächlich verändert hatte. Doch wieso hatten Mirijam und Rick nicht bemerkt, dass Theo nun anders aussah? Immerhin hatten sie ihn wahrscheinlich öfter gesehen, also Lia. Erst jetzt stellte sie sich die Frage, was der Shapewalker so spät abends noch vor hatte und wieso er sie nach Hause schickte. Zuvor war er doch immer so verrückt danach gewesen, dass Lia die ganze Zeit um ihn war. Was war nur im Moment los? Kurz vor ihrem Haus blieb sie unter der großen Tanne stehen und versteckte das Gesicht in den Händen. Lia fühlte sich irritiert und überfordert mit den ganzen Informationen und merkte, wie ihr die Tränen kamen. Sie wusste nicht, wie lange sie so dort stand und weinte, doch irgendwann kamen keine Tränen und die kühle Nachtluft schien ihre negative Aufgebrachtheit abzumildern.

Geistesabwesend genoss sie den Moment der Gedankenlosigkeit. Als sie eine Bewegung im Augenwinkel bemerkte. Entgegen ihrer Erwartung den Fremden zu sehen, war es Jonah, der sich in einem schwarzen Kapuzenpulli von Haus weg durch die Büsche schlich. Augenblicklich schienen Lias Sinne wieder geschärft und das Pochen in ihrem Kopf fing wieder an. Vor Neugierde und Angst zitternd lief sie in einigem Abstand ihrem Bruder hinterher. Nachdem sie vorsichtig mehrere Querstraßen passiert hatten, war Lia klar, welches Ziel ihr kleiner Bruder ansteuerte. Angespannt hielt sie den Atem an.

Von Angesicht zu Angesicht

Sie beobachtete, wie Jonah sich einer Gruppe Jugendlicher näherte. Alle trugen schwarze Anziehsachen und standen in der Mitte des Parks. Sie begrüßten sich und alberten herum. Lia versuchte vorsichtig, so nah wie möglich an die Gruppe heran zu treten, um zu verstehen worüber sie sprachen. Im Schatten eines großen Baumes fühlte sich Lia merkwürdig kalt, klein und schwach. Sie war froh, dass eine gewisse Distanz zwischen ihr und der Gruppe gehalten wurde. Die Gruppe auf der Wiese schien eine kollektive Macht auszuströmen. Sie hätte Filo und dem Fremden Bescheid geben sollen. Angespannt kauerte sie sich zusammen und spitzte die Ohren, um jedes Geräusch zu hören. Durch ein Knacken zu ihrer linken zuckte sie zusammen.

Ein Mann, ebenfalls mit schwarzen Anziehsachen und einer Kapuze über dem Kopf, schritt quer über die Wiese auf die Gruppe zu. Als die anderen Jugendlichen ihn erblickten, hörten sie unverzüglich auf zu reden und stellten sich steif in einem Kreis um ihn herum. Sie fingen gemeinsam an, wieder diese bellenden Geräusche zu machen, die offensichtlich einen Schlachtruf darstellten. Lia beugte sich so weit vor wie es möglich war, sodass ihr Körper noch im Schatten war.

„Meine Brüder,", sagte die Gestalt und Lia erkannte die gelben Augen, welche unter der Kapuze hervorblitzten. Das Bellen verstummte. Sie hatte Angst davor, was als nächstes passieren würde.

„Wir haben heute einen Gast unter uns. Komm' doch zu uns, Amalia."

Lia stockte der Atem. Die Gestalt deutete mit ihrem Finger genau auf sie. Die Gruppe drehte sich zu ihr um. Alle sahen sie mit ausdruckslosen Augen an. Ihr Herz pochte immer schneller. Sie merkte, wie sich ihr Körper langsam in Bewegung setzte. Ihr Verstand war vor Angst wie gelähmt.

Der Moment schien ewig zu dauern, bis Lia bei der Gruppe Jugendlicher angekommen war. Sie sah nun die spitzen, kleinen Zähne der Gestalt zusammen mit den gelben Augen. Die Tränen schossen ihr in die Augen.

„Komm' in unsere Mitte.", befahl er.

Lia ging durch den Kreis der Jugendlichen direkt an Jonah vorbei. Er schaute sie mit leeren Augen an. Er erkannte sie nicht.

„Ich freue mich, dass du hier bist.", sagte die Gestalt, nachdem Lia neben ihm endlich stehen bleiben konnte. Sie hörte zwar auf zu laufen, bemerkte jedoch, dass sie sich nicht eigenständig von der Stelle rühren konnte. Langsam, als würde jede Sekunde Minuten dauern, hob sie den Kopf, um in das Gesicht der schwarzen Gestalt zu blicken und erschrak. Ein leises Wimmern war das einzige Geräusch, dass sie zustande brachte. Die Gestalt vor ihr war der Shapewalker in Theos Körper. Nur das er jetzt nicht mehr wie Theo aussah. Sein Gesicht war schmaler und alles an ihm schien bösartig zu sein. Seine Augen waren hasserfüllt und kalt.

Lia zitterte nun am ganzen Körper. Was hatte der Shapewalker nur mit ihr vor? Ihre Augen glitten zu den Jugendlichen um sie herum. Keiner schien zu bemerkten, was vor sich ging. Mit ausdruckslosen Gesichtern, wie Marmorstaturen im schwachen Mondlicht, fixierten sie den Shapewalker. Er hob langsam den Arm und legte ihn über Lias Schulter. Sie erschauderte.

„Nun, jetzt wo alle anwesend sind, können wir fortfahren. Hier sind eure Tabletten.“, sagte der Shapewalker und holte eine Hand voller Tabletten aus seiner Hosentasche. Er hielt inne und ließ ein bellendes Lachen hören.

„Ich habe eine bessere Idee. Wie wäre es, wenn die liebe Amalia euch die Tabletten gibt?“

Er hielt Lia die Tabletten hin. Sie griff ohne zu zögern danach. Ihre Hand fühlte sich nicht an wie die ihre. Sie ging zu der Person neben Jonah und gab ihm die erste Tablette. Der Junge nahm sie und schluckte sie herunter, als hätte er sehnsüchtig darauf gewartet. Lia sah ihren Bruder aus dem Augenwinkel. Sie wollte diese Tabletten nicht an die Jugendlichen verteilen. Automatisch ging sie eine Person weiter, weg von Jonah und hielt die nächste Tablette in die Höhe. Als sie den ganzen Kreis entlang geschritten war, stand sie letztendlich vor ihrem Bruder.

Sie sah ihrem Bruder in die glasigen Augen und konnte sich zu erinnern. Ich habe die Macht. Sie merkte, wie sie den Arm hob. Ich will das nicht. Jonah öffnete die Hand. Ich will meinen Bruder beschützen. Sie merkte, wie sie wieder Gefühl in ihrer eigenen Hand bekam und ließ den Arm fallen.

„Nein.", sagte sie laut und klar zu dem Shapewalker.

„Wie bitte?", fragte dieser überrascht.

„Nein. Ich gebe ihm diese Drogen nicht." Lia konnte sich nicht umdrehen. Sie gewann an Selbstbewusstsein je länger sie sprach. Der Shapewalker lachte.

„Das sind keine Drogen. Nun gib ihm die Tablette!", wurde ihr abermals befohlen.

„NEIN!"

„Du störrisches, kleines Ding! Du gehorchst mir nicht?! Dann soll er sich selber die Tablette nehmen.", flüsterte die bedrohliche Stimme direkt an Lias Ohr. Jonah sah nach unten und fixierte die Tablette in Lias Hand. Ich will meinen Bruder beschützen. Lia schaffte es die restliche Kontrolle von sich abzuwehren.

„Jonah, komm' wieder zu dir." Sie packte ihn an seinen Schultern und schüttelte ihn. Doch er reagierte nicht. Verzweifelt liefen ihr die Tränen über das Gesicht.

„Jonah, du musst die nicht nehmen." Doch all ihre Worte prallten an ihm ab.

Dann plötzlich hörte Lia einen dumpfen Schlag durch ihr Schluchzen. Jonah sah sie einen Moment an und fiel dann nach hinten zu Boden. Lia gab einen kurzen, hohen Schrei von sich und stürzte hinterher. Sie schlug ihn mit ihren Händen leicht auf seine Wangen.

„Jonah!" Er atmete noch. Sie blickte verzweifelt auf um zu erkennen, woher dieser Schlag kam. Sie erblickte Filo und den Fremden.

„Lass' sie in Ruhe.", sagte der Fremde mit dunkler Stimme, die keinen Platz für Alternativen bot. Der Shapewalker lachte.

„Du schon wieder. Dich habe ich doch schon einmal gesehen."

„Heb' die Manipulation auf."

„Ach, aber warum sollte ich? Den Jungs geht es besser, wenn ich sie führe."

Jonah bewegte zuerst seinen Arm und rappelte sich dann langsam auf. Er schaute Lia kalt und hart in die Augen und sagte: „Wo ist die Tablette?"

„Du musst die Tablette nicht nehmen. Konzentriere dich einfach auf mich und dann wird alles gut.", versuchte Lia auf ihn einzureden, doch Jonah hörte sie nicht.

„Ich brauche diese Tablette.", sagte er monoton.

„Nein, brauchst du nicht. Drogen sind nicht gut. Wir schaffen das." Lia weinte weiter, als sie eine warme Hand auf der Schulter spürte, die sie leicht zur Seite drückte. Neben ihr auf Augenhöhe erschien Filo. Sie leuchtete wie das erste Mal, als Lia sie gesehen hatte. Jonah hörte auf nach der Tablette zu suchen und starrte nun Filo an.

„Du bist schön.", war das Einzige, was Jonah heraus brachte. Ohne den Blick von Jonah abzuwenden sagte

Filo: „Geh' und hilf meinem Bruder." Lia zögerte. Sie wollte Jonah und Filo helfen. „Geh'! Ich schaffe das nicht ewig. Gib' ihm Kraft." Es war ein Befehl von Filo, der eindeutig ohne Manipulation ausgesprochen war.

Lia stand mit wackelnden Knien auf und drehte sich zu dem Fremden um. Wie sollte die ihm nur Kraft geben? Was konnte sie schon machen? Der Shapewalker und der Fremde standen sich gegenüber und funkelten sich zornig an. Um sie herum standen noch immer die zu Säulen erstarrten Jugendlichen. Da fiel es Lia wie Schuppen von den Augen. Durch einen Schleier von Tränen ging sie auf den Fremden zu. Sie fasste ihn am Arm und schloss die Augen. Sie musste sich auf ihn konzentrieren. Nur durch sie konnte er sichtbar bleiben und an Kraft gewinnen.

Mit letzter Kraft versuchte Lia ihre Hilflosigkeit und ihre Umgebung zu verdrängen. Sie dachte an gemeinsame Momente. Wie er den Schirm für sie hielt, als es regnete, wie er auf der Bank beim Sommerfest saß und sie das erste Mal geredet hatten. Sie dachte an seine zurückgebundenen Haare und das Kompass-Tattoo auf seinem Arm als sie merkte, wie er anfing zu reden.
„Et recede a nobis. Et recede a nobis." Er wiederholte immer wieder den gleichen Satz. Lia merkte, wie ein helles Leuchten von seiner Haut ausging. Der Shapewalker lachte nur.
„Glaubst du, das wird mich verschrecken?"
„Et recede a nobis."
Das Leuchten wurde heller und Lia hatte das Gefühl,

als würde er durchsichtiger werden.

„Ich bin mächtiger als du."

Lia versuchte sich noch mehr auf den Fremden zu konzentrieren. Sein Lachen, der Klang seiner Stimme und seine blauen Augen.

„Et recede a nobis."

Seine Haut schien inzwischen zu brennen vor Wärme. Er wirkte unsichtbar und sichtbar zugleich. Das helle Leuchten blendete sie.

„Beeil' dich.", hörte sie Filo von hinten kreischen. Sie sah, wie Jonah immer mehr den Blick von Filo abwand. Filo wird ihn nicht mehr lange manipulieren können.

„Was steht ihr denn nur so rum?", rief der Shapewalker den Jugendlichen zu. Lia bemerkte zu spät, dass einer der Jugendlichen direkt hinter dem Fremden stand. Sie sah etwas aufblitzen.

„NEIN!", schrie sie noch im letzten Moment, doch es war zu spät. Die scharfe Klinge eines Messers durchbohrte den Arm des Fremden. Überrascht sackte er in sich zusammen. Er hielt sich mit schmerzverzehrtem Gesicht die Hand auf die Wunde. Der Jugendliche stand regungslos da und bemerkte nicht, was er angerichtet hatte.

„Du darfst nicht aufgeben!", sagte Lia zu dem Fremden und half ihm wieder auf die Beine. Sie drückte mit aller Kraft gegen die offene Wunde und spürte, wie das Blut zwischen ihren Fingern hindurch quoll. Der Fremde schien immer durchsichtiger zu werden. Er hatte keine Kraft mehr.

„Ich bin bei dir!", rief Lia in letzter Verzweiflung. Der Fremde sagte noch einmal: „Et recede a nobis."

Dann, ruckartig, riss der Fremde seinen Arm von Lia weg und stürzte mit offenen Armen auf den Shapewalker los. Er schlang seine Arme um ihn. Er litt Höllenqualen. Lia erblickte das erschrockene Gesicht des Shapewalkers. Er fing an zu schreien.

„Et recede a nobis.", brüllte der Fremde gegen die Schreie des Shapewalkers an, der sich unter seinem glühenden Griff wand. Das Leuchten wurde zu einer pulsierenden, grellen Kugel. Lia konnte nichts mehr erkennen und verdeckte die Augen. Mit dem Licht entstand ein Dröhnen, das immer mehr anschwoll. Sie versuchte in Deckung zu gehen und rannte zu ihrem Bruder. Er suchte den Boden nach der Tablette an. Sie drückte ihn an sich. Dann hörte sie ein lautes reißendes Geräusch, zusammen mit drei verschiedenen Schreien. Der Lichtball explodierte. Lia, Filo, Jonah und die anderen Jugendlichen wurden von dem Druck der Explosion nach hinten geschleudert. Dann war alles plötzlich dunkel. Man hörte nichts.

DAS VERSPRECHEN

Lia lag einen Moment regungslos auf dem kalten Boden. Ihre Ohren klirrten. Vor Schwindel drehte sie langsam den Kopf und sah Jonah neben ihr liegen.

„Jonah!", japste sie und kroch auf dem Bauch langsam auf ihn zu. Er gab undefinierte Geräusche von sich. Er war unversehrt.

„Jonah, sag' doch was.", flehte Lia verzweifelt.

„Wo...wo bin ich?" Jonah öffnete langsam die Augen und versuchte seine Umgebung zu erkennen.

„Im Park. Gott sein Dank, es geht dir gut." Freudentränen sickerten über Lias Gesicht in ihren Kragen.

„Ich muss mich hinsetzen.", sagte Jonah und versuchte sich ungeschickt zu bewegen. Lia half ihm so gut es ging.

„Was ist denn hier passiert?", fragte Jonah entsetzt, als er den Blick über den Park schweifen ließ. Lia sah sich ebenfalls um. Es sah aus, als wäre eine Bombe explodiert. An der Stelle, an der zuvor der Fremde und der Shapewalker standen, war ein kleiner Krater. Der Shapewalker war weg und der Fremde mit ihm. Die Jugendlichen, die sich nach der Explosion langsam aufrappelten, sahen genauso ratlos aus, wie Jonah. Außer ein paar blauen Flecken schien es allen gut zu gehen.

„Neeiin!“, brüllte Filo so laut sie konnte und rannte zu der Stelle, auf der ein paar Sekunden zuvor noch ihr Bruder gestanden hatte.

„Wie konntest du nur?“ Sie schrie unter strömenden Tränen den Himmel an.

Lia stand auf und ging langsam auf die verbrannte Stelle zu.

„Wo ist er?“, flüsterte sie ängstlich.

„Er ist weg.“, sagte Filo. „Er hat keine Kraft mehr. Es war zu anstrengend.“

„Wohin ist er?“

„Ich weiß es nicht.“ Filo sackte in sich zusammen und verbarg ihr Gesicht in ihren Händen. Lia hatte sie noch nie so schwach und zerbrechlich gesehen. Sie wusste nicht, wie sie sich verhalten sollte. „Wir werden ihn vielleicht nie mehr sehen können. Nie mehr mit ihm reden.“, brachte Filo gerade noch heraus, bevor sie sich wimmernd zusammen rollte. Lia zögerte und berührte Filo am Rücken. Sie stieß jedoch ihre Hand weg.

„Filo, es tut mir Leid.“, sagte Lia, die Filos Schmerz beinahe spüren konnte.

„Es war seine Entscheidung. Wir hätten nichts machen können.“ Filo versuchte sich selber tröstende Worte zuzureden. „Wir müssen weiter machen.“, sagte sie und rappelte sich auf. Sie versuchte, die Trauer zu verdrängen und das einzig richtige in der Situation zu machen. Sie konnte den Anderen helfen. Ihr Gesicht war voller roter Flecken und ihre Schminke verlaufen.

Unter dem letzten Rauch schien sich jemand zu bewegen. Sie rührten sich nicht. War es der Shapewalker? Oder der Fremde? Was war gerade passiert? Als die Person sich jedoch ächzend auf den Rücken drehte, schnappte Lia nach Luft. Es war Theo. Der Mann vor ihr war ihr Theo. Ohne den Shapewalker. Lia erkannte seine unförmige, leicht dickliche Gestalt und sein rundes, wenn auch gerade etwas zerknittertes Gesicht. Freudig ging sie zu ihm und umarmte ihn stürmisch.

„Theo!" Er wich erschrocken einen Moment zurück, bis er sie erkannte.

„Lia? Was machst du denn hier? Wir haben uns ja schon ewig nicht mehr gesehen." Lia löste sich von ihm und sah ihn an. Sie war so glücklich, endlich wieder ihren Theo zu sehen, dass sie keine Worte fand.

„Komm' mit." Lia fasste Theo am Arm und brachte ihn dazu sich hinzustellen. Auf sie gestützte liefen beide schwach zu Jonah hinüber. Er saß noch immer verunsichert auf dem Boden.

„Was ist denn hier passiert? Und wie komme ich hier her?", fragte Theo verdutzt. Sie gab nur ein ungläubiges Lachen von sich. Fast bei Jonah angekommen, sah sie Filo, die wie in Trance von einem Jugendlichen zum anderen ging, sich hinkniete und ihnen tief in die Augen sah. Danach standen sie auf, ohne weitere Fragen zu stellen und verließen den Park. Sie musste die Jugendlichen so manipulieren, dass diese in ihr normales Leben zurückkehren konnten.

„Alles in Ordnung mit dir?", fragte Jonah nun Lia besorgt. Lia nahm Jonah und Theo in den Arm.

„Ich bin so froh, dass ich euch wieder habe.", konnte sie gerade noch herausbringen, bevor sie in laute Tränen ausbrach. Sie hatte ihren Bruder und ihren Freund wieder, doch dafür den Fremden verloren. Jonah und Theo tätschelten ihr beruhigend den Rücken. Durch ihre Tränen hindurchblinzelnd sah sie Filo am Parkrand stehen, wie sie die Situation beobachtete. Sie nickten sich beide zu.

„Ich denke es am Besten, wir gehen auch nach Hause. Nehmt eine warme Dusche und legt euch schlafen. Alles andere kann bis morgen warten.", sagte Lia mit müder Stimme.

Theo löste sich von Lia.

„Also, ich weiß nicht, was hier gerade passiert ist, aber ich bin froh dich mal wieder gesehen zu haben. Vielleicht können wir ja mal einen Kaffee im Goldenen Kännchen trinken?", schlug Theo vorsichtig vor. Lia musste lachen.

„Ich melde mich morgen bei dir und werde dir alles erklären. Versprochen.", sagte Lia, ohne auf seine Frage zu antworten. Theo nickte und grinste verlegen. Er trottete langsam aus dem Park in Richtung seines Wohnhauses.

Lia schlang den Arm um Jonah.

„Dann lass' uns auch nach Hause gehen.", sagte sie und die beiden fingen langsam an sich zu bewegen. Nach ein paar ungelenken Schritten fragte Lia: „Wie geht es dir?" und strich Jonah die Haare aus der Stirn.

Er war im ganzen Gesicht voller Staub und Dreck.

„Ich fühle mich kaputt. Und auch etwas verwirrt.“, gab er zu.

„Das glaube ich dir.“

„Was ist denn gerade im Park passiert?“

„Ach weiß du, das ist nicht so einfach zu erklären. Am Besten legst du dich einfach schlafen. Es war heute alles sehr anstrengend.“

Jonah dachte einen Moment über die Worte nach.

„Ich darf jetzt nicht schlafen gehen.“, sagte er kleinlaut.

„Wieso darfst du nicht?“

Jonah druckste herum und wollte nicht mit der Sprache raus rücken. Er sah zu Boden und fragte mit schüchterner Stimme: „Glaubst du an übernatürliche Dinge?“

Lia sah überrascht zu ihm herüber. Konnte er doch mehr von der ganzen Sache mitbekommen haben, als sie zunächst angenommen hatte?

„Es kommt ganz darauf an.“, antwortete Lia ausweichend. Sie wollte zuerst erfahren, was Jonah wusste.

„Erzähl’ mir doch einfach was dich bedrückt. Und diesmal keine Ausreden.“ Sie knuffte ihren Bruder in die Seite.

„Manchmal habe ich da Gefühl, dass wenn ich nachts schlafen gehe, also wenn ihr auch alle schlaft, dass ich euch Alpträume bereite.“

„Wie sollte das möglich sein?“, fragte Lia und bemühte sich seine Sorge ernst zu nehmen.

„Ich weiß es nicht. Aber wenn ich nachts wach bleibe, könnt ihr beruhigt schlafen.“

„Bist du dir sicher? Vielleicht waren es nur lauter merkwürdige Zufälle.“, überlegte Lia und nahm sich fest vor, morgen davon Filo und dem Fremden zu erzählen. Jonah nickte.

„Deswegen bin ich auch zu Theo gegangen. Die Tablette von ihm hat es möglich gemacht, dass ich nachts wach bleibe und dann bei Tag schlafe. Ich will euch nicht verletzen.“

Lia drückte ihn noch fester an sich. Konnte das wirklich möglich sein? Dass ihr eigener Bruder für Alpträume zuständig war? Doch Filo sagte, solch eine Prägung kann nicht einfach auftauchen, sie muss wenn von Geburt vorhanden sein. Da Lia jedoch nur manchmal in der letzten Zeit Alpträume hatte und davor fast nie, konnte Jonah nicht der Grund sein. Dennoch hatte sie so viele Dinge in letzter Zeit erfahren, dass sie im Moment sich von nichts mehr überraschen lassen konnte. Für sie zählte einzig und allein der Wille, ihrem Bruder zu helfen und seine Last von ihm zu nehmen.

„Und wo ist Theo jetzt? Er sah plötzlich ganz anders aus.“

„Theo ist jetzt ein neuer Mensch. Bitte vergiss diese Tabletten. Wir werden dafür schon eine Lösung finden. Aber erst morgen.“

„Erzähl’ es bitte nicht unseren Eltern.“, flehte Jonah.

„Auf keinen Fall. Die würden uns nie glauben.“, sagte Lia leise Lachend.

„Du Lia, wenn wir morgen erst eine Lösung finden, dann bleibe ich diese Nacht noch wach.“

Lia warf ihm einen strengen und tadelnden Blick zu.

„Bitte. Ich mache mir jeden Morgen solche Vorwürfe.", flehte Jonah.

„In Ordnung. Aber sobald morgen alle wach sind, gehst du schlafen."

„Versprochen.", sagte Jonah strahlend und umarmte Lia. Sie waren am Haus angekommen.

„Geh' du schon einmal hoch. Ich bleibe noch einen Moment hier draußen.", sagte Lia und sah zu wie ihr Bruder die Treppe zum Haus hinauflief.

Sie hatte das Gefühl, als könnte sie den Fremden spüren. Sie blickte sich um, erkannte jedoch niemanden.

„Ohne dich hätte ich das niemals geschafft. Du hast meinen Bruder gerettet.", sagte sie in die Nacht hinein. Niemand antwortete ihr, doch sie war sich sicher, dass er sie hören konnte.

Sie blickte zum Sternenhimmel. Sie wusste nicht, wie sie sich bei dem Fremden bedanken sollte. Er hatte sie aus einer Beziehung gerettet, die auf Manipulation basierte. Er hat seine Schwester Filo zu sich bestellt, nur um Lia zu helfen. Er ist immer an ihrer Seite. Nie zu aufdringlich und immer hilfsbereit. Obwohl Lia ihn nicht darum gebeten hatte. Er half aus Selbstlosigkeit. Er hatte nicht nur ihren Bruder aus den Fängen des Shapewalkers gerettet, sondern auch einen ihrer Besten Freunde wieder zurückgebracht.

Da wurde es Lia plötzlich klar. Sie wusste genau, was sie jetzt zu sagen hatte. Ein warmer Wind wehte heran und wirbelte ihr die Haare ins Gesicht.

„Danke, Aris."

DIE HEILUNG

Lia drehte sich um und wollte zum Haus gehen. Es gab nichts mehr zu sagen. Aris hatte alles gegeben, um ihr zu helfen und hatte dabei sich selbst verloren. Ein Schimmer im Augenwinkel hielt Lia jedoch davon ab weiter zu gehen. Sie sah nicht weit von ihr entfernt auf der Straße eine Lichtsäule, die gut drei Meter hoch bis zum Himmel reichte. Helle, weiße Lichtblitze glitten in Wellenform umher. Lia öffnete vor Staunen den Mund. Sie blickte die Straße hoch und runter, doch niemand außer ihr schien dieses Schauspiel zu bemerken.

Doch plötzlich, wie die Lichter gekommen waren, gingen sie auch wieder und hüllten die Straße in ein tiefes, dunkles Blau.

„Aris.", murmelte eine bekannte, tiefe Stimme von der zuvor erleuchteten Stelle her. Lia, noch immer geblendet, lief vorsichtig der Stimme nach. Dort stand er. Sichtbar. Lia streckte vorsichtig die Hand aus, als würde sie überprüfen, ob sie ihn tatsächlich sehen konnte.

„Du bist wieder da?", fragte sie ungläubig. Als Antwort nahm Aris sie stürmisch in den Arm, hob sie in die Luft und wirbelte herum. Dabei lachte er, wie ein kleiner Junge, der im Regen durch Pfützen sprang. Davon mitgerissen fing auch Lia an zu Lachen. Er setzte sie ab, ohne seine Hände von ihr zu lösen und schaute ihr in die Augen. Lia bemerkte, dass sich sein Ausdruck verändert hatte. Alles an ihm schien vor Freude zu strahlen.

„Danke.", war das Einzige, was er herausbrachte, bevor er sie noch einmal umarmte.

„Ich muss mich bei dir bedanken. Ohne dich wüsste ich nie, wie ich meinem Bruder hätte helfen sollen."

„Das war nichts im Vergleich dazu, was du für mich getan hast. Du hast mir meinen Namen gegeben. Ich bin nun nicht mehr dauerhaft unsichtbar. Ich zeige dir was." Der Fremde zog seinen Mantel aus und krempelte den Pulli bis zum Ellenbogen hoch. Lia sah das Kompass-Tattoo. Die Nadel zeigte auf sie. Ihr wurde warm ums Herz. Sie merkte, dass sie zuvor noch nie jemandem in ihrem Leben so viel vertraut hatte, wie ihm. Seine Nadel zeigte auf sie und Lia wurde bewusst, was gerade geschehen war.

„Du bist in meinem Herzen.", nuschelte sie undeutlich.

„Und du in meinem. Ich werde so lange an deiner Seite sein, wie du mich willst."

Beide grinsten sich ein paar Augenblicke unsicher an. Da bemerkte Lia den Blutfleck an seinem Pullover.

„Du bist verletzt!", sagte sie erschrocken und versuchte seinen Pullover bis über die Wunde hoch zu ziehen. Doch es war kein Schnitt zu sehen.

„Er ist weg.", sagte sie ungläubig. Aris nickte.

„Als ich verletzt wurde, war ich nicht ganz sichtbar. Der größte Teil von mir war unsichtbar. So hat mein sichtbarer Körper nur wenig davon abbekommen. Dadurch, dass du mir einen Namen gegeben hast, hat mein sichtbarer Körper so viel Kraft bekommen, dass die Wunde verheilt ist."

Das ergab auf eine merkwürdige Art und Weise Sinn für Lia.

„Ich kann es noch immer nicht glauben, dass mich jetzt jeder sehen kann. Lass' es uns testen.", sagte Aris und lief eilig die Straße herunter.

„Aris, warte. Es schlafen alle.", hetzte Lia hinter ihm her. „Komm', wir setzen uns einfach hier hin.", schlug sie vor und zeigte auf eine niedrige Steinmauer.

„In Ordnung." Aris brauchte einen Moment, um sich an seine neue Freiheit zu gewöhnen.

„Wie geht es dir?", fragte er Lia mit wachen Augen.

„Gut. Glücklich. Aber auch etwas verwirrt. Was ist mit dem Shapewalker geschehen?"

„Wie hast du es eigentlich geschafft, seine Manipulation abzuschütteln? Eigentlich hast du doch gerade erst die erste Stufe beherrscht.", sagte Aris nachdenklich.

„Das war nicht Theo, sondern der Shapewalker. Ich habe nichts für ihn empfunden."

Aris nickte.

„Er ist weg."

„Wie weg? Wohin denn? Und wie? Ich verstehe nicht, was vorhin passiert ist."

„Puh, wo fange ich da am Besten an. Ich habe zu Hause mit Filo ein paar Bücher gewälzt und diesen Spruch gefunden. Et recede a nobis. Es hieß, dass dieser Spruch den Shapewalker aus Theos Körper werfen würde und dafür sorgte, dass er verschwindet. Er bedeutet so viel wie verschwinde und weiche von uns."

„Kann jeder dann so einen Spruch sagen? Oder kannst du etwa auch noch zaubern?", fragte Lia abgestumpft auf Grund der letzten Vorkommnisse. Aris grinste.

„Ich kann nicht wirklich zaubern. Aber die Anwendung dieser Sprüche kann man lernen. Doch es genügt nicht, diesen Spruch einfach nur zu sagen. Derjenige, der den Spruch spricht, muss eine Verbindung zur anderen Seite haben."

„Man muss tot sein? Aber du bist nicht tot!", sagte Lia, die langsam den Überblick verlor.

„Anscheinend muss man nicht tot sein. Filo und ich waren uns nicht sicher, ob ich es schaffen würde. Denn genau genommen war ein Teil meines Körpers, genauer gesagt fast mein ganzer Körper, unsichtbar. Existierte also nicht. Ich habe den Shapewalker also verschwinden lassen. Er ist nun unsichtbar."

„Kann er wieder zurück kommen, so wie du?"

„Nein. Denn ich bin oder war ein Neryd und er war ein Shapewalker. Nur Neryden können wieder kommen. So ist unsere Bestimmung. Shapewalker können nur als lebende Person sich in eine andere lebende Person einnisten. Dadurch erhält er sich am Leben. Dadurch, dass er aber keine sichtbare Person ist... ." Aris ließ das Ende des Satzes offen stehen.

„...kann er nicht wieder kommen.", sagte Lia zustimmend.

„Ganz genau. Wir hätten aber nicht gedacht, dass der Spruch all meine Kraft fordert und ich nicht mal durch Filo oder dich sichtbar werden kann. Hättest du mir nicht meinen Namen gegeben, wäre ich auch nie wieder sichtbar gewesen.“

„Dann hättest du das gleiche Schicksal gehabt, wie der Shapewalker. Warum hast du das riskiert?“, fragte Lia verständnislos.

„Ich konnte nicht anders. Ich wollte dir und deinem Bruder helfen und auch andere zukünftige Personen vor dem Shapewalker schützen.“

„Aber warum?“

„Weiß du, wenn es so selten vorkommt, dass man von jemandem außerhalb der Familie gesehen wird, dann will man in dieser Zeit auch etwas Nützliches tun. Und was wäre nützlicher, als dir zu helfen?“, fragte Aris und grinste Lia charmant von der Seite an. Er legte den Arm um sie. Lia kuschelte sich an seinen Oberkörper und genoss das Gefühl, dass nun alles seine Richtigkeit hatte. Sie sah die Sonne langsam aufgehen.

„Willst du deiner Familie nicht sagen, dass du einen Namen hast?“

„Später. Gerade ist alles so, wie es sein sollte. Vielleicht versuchst du auch einen Moment zu schlafen. Es war ein anstrengender Tag.“, schlug er vor. Lia fühlte sich zu wach, um zu schlafen. Sie sah in den Sonnenaufgang und merkte kaum, wie ihr die Augen zufielen.

Sie erwachte in ihrem Bett.

„Guten Morgen.“, sagte Aris, der es sich auf ihrem Schreibtischstuhl gemütlich gemacht hatte. Ein Lächeln umspielte Lias Lippen.

„Du bist noch hier.“, stellte sie gähnend fest.

„Natürlich. Ich habe dir versprochen an deiner Seite zu bleiben und ich missbrauche dein Vertrauen nicht.“

Lia quälte sich in eine annähernd aufrechte Position. „Wie spät ist es?“

„Fast Mittag. Hast du Hunger?“

Lia horchte einen Moment in sich.

„Nein. Aber ich wollte mit dir noch über etwas reden.“

Aris setzte sich aufmerksam hin.

„Es geht um meinen Bruder. Er glaubt, dass immer, wenn er schlafen geht und wir auch schlafen, er uns Alpträume bereitet. Also das er verantwortlich dafür ist, wenn wir schlecht schlafen. So eine Prägung gibt es nicht, oder?“

„Davon habe ich schon einmal gehört. Aber dein Bruder ist ja nicht damit geboren worden, oder?“

„Nein. Das habe ich ihm auch gesagt.“

„Dann ist das eigentlich so gut wie ausgeschlossen.“

„Gut. Das beruhigt mich. Er macht sich nämlich große Vorwürfe und schläft deswegen seit Tagen nicht.

Kurze Zeit später verließen Lia und Aris, ebenso wie Jonah und Josefine, das Haus. Auf dem Weg nach unten waren Lia und Aris an ihnen vorbei gekommen und die Zwillinge ließen sich nicht abschütteln. So machten sich nun alle vier auf dem Weg zu Filo, um ihr die freudige Nachricht zu überbringen. Als Lia vor der Haustür stand, bemerkte sie, dass sie hier noch nie geklingelt hatte. Sie drückte den Knopf und ein lautes Schrillen dröhnte durch das Haus. Aris neben ihr grinste und freute sich auf die Reaktion seiner Schwester.

Als die Tür aufschwang, erschrak Lia bei Filos Anblick. Sie trug einen Morgenmantel, die Haare waren durcheinander und ihre Augen vom vielen weinen zu gequollen.
„Ach, du bist es, Lia. Komm' ruhig rein." Sie schien die anderen drei Leute vor der Tür gar nicht zu sehen und machte ihr Platz.
„Und was ist mit dem restlichen Besuch?", fragte Lia hibbelig. Filo hob den Kopf und öffnete ihre kleinen Augen ein Stück weiter. Als sie Aris erblickte, schienen sämtliche Muskeln in ihrem Gesicht nicht mehr zu funktionieren. Mit einem Freudenschrei stürzte sie sich auf ihren Bruder und umarmte ihn stark.
„Wie ist denn das möglich?", fragte sie außer Atem.
„Ich heiße Aris.", sagte er und grinste wie ein Honigkuchenpferd.
„Wie? Was?...Lia?"
Aris nickte.
„Ich bin so froh, dass du wieder da bist." Anschließend umarmte sie Lia. „Kommt alle nur rein. Ich ziehe mir schnell etwas anderes an und bereite etwas zu essen vor. Das müssen wir feiern.", verkündete sie und wirbelte eilig davon.

Die vier gingen in den Garten und setzten sich an den Tisch. Früher als erwartet kam Filo zurück. Sie sah nun genauso strahlend aus wie sonst.

„Wie unhöflich. Ich habe mich gar nicht vorgestellt.",
sagte Filo und reichte Jonah die Hand.

„Filo."

„Jonah."

Sie ging weiter zu Josefine.

„Josefine."

Sie gaben sich die Hand und Filo fasste sich plötzlich an die Brust. Mit weit aufgerissenen Augen schaute sie in die Runde, als würde sie keine Luft mehr bekommen. Aris sprang auf und stürzte zu seiner Schwester. Erschrocken ließ Josefine ihre Hand los. Filo versuchte schnappartig zu Atmen.

„Sie ist eine Heilerin.", stieß Filo japsend hervor.

KRÄUTER UND SPRÜCHE

Aris schien als einer der wenigen verstanden zu haben, was Filo gerade gesagt hatte. Er nahm seinen Stuhl und half Filo sich hinzusetzen.

„Es tut mir Leid.", stammelte Josefine, die gerade eben begriffen hatte, dass sie der Grund für Filos Atemaussetzer war.

„Sie soll was sein?", fragte Lia neugierig.

„Eine Heilerin.", sagte Filo erneut. Dann sagte sie an Aris gewandt: „Bruder, Aris, könntest du mir bitte das aufgeschlagene Buch aus der Küche holen?"

Aris tat, worum er gebeten wurde. Filo nahm das Buch, schlug es auf und blätterte ein paar Sekunden darin.

„Hier steht es: Heiler sorgen für das Gleichgewicht der Natur. Sie sträuben sich gegen alle geprägten und können sich über Normen hinweg setzen." Filo schaute mit vielsagendem Blick in die Runde.

„Tut mir Leid, aber ich verstehe noch immer nicht.", sagte Josefine verdattert. In Lias Kopf fügte sich plötzlich alles zusammen.

„Du hast mir doch von der Sache mit den Pflanzen erzählt.", erinnerte sich Lia.

„Ja, aber nur, weil ich einen grünen Daumen habe...“, verteidigte sich Josefine.

„Du hast wahrscheinlich mehr als nur einen grünen Daumen. Du sorgst dafür, dass Pflanzen länger leben.“, erklärte Lia. „Das ist wahrscheinlich mit dem Gleichgewicht der Natur gemeint.“

„Und wieso geht es Filo denn so schlecht, wenn ich sie berühre?“, sagte Josefine mit zittriger Stimme.

„Weil ich nicht natürlich bin.“, schlussfolgerte Filo.

Filo, Aris und Lia erklärten in Kurzform, was es mit einer Prägung auf sich hatte, was ein Ikoner, Neryd und Shapewalker war und warum Aris jetzt plötzlich einen Namen hatte. Am Ende der Erzählungen stand Josefine und Jonah der Mund offen.

„Wenn du mich also berührst, dann saugst du mir also meine Kräfte. Irgendetwas in dir sieht mich als unnatürlich an und versucht das zu verhindern. Wir Geprägten leben jedoch von unserer Kraft. Der Shapewalker kann nicht ohne einen Körper leben. Aris konnte es nicht ohne die Beachtung von Menschen und ich nicht ohne meine Manipulation.“

„Deswegen konntest du auch die Manipulation aufheben, als Theo mich kontrolliert hatte.“, bemerkte Lia.

„Aber wieso bin ich so?“, fragte Josefine.

„Das weiß ich nicht. Wann hast du denn bemerkt, dass sich irgendetwas in dir verändert?“, fragte Lia.

Josefine dachte einen Moment über die Frage nach.

„Ungefähr zu der Zeit, als Lia wieder zu uns zurück gekommen ist.“

„Das ergibt doch gar keinen Sinn. Warum sollte meine Schwester...", fing Jonah an, doch er wurde von Filo unterbrochen.

„Ha! Ich weiß warum.", sagte Filo erfolgsverkündend und kostete diesen Moment voll aus.

„Ihr seid Zwillinge.", sagte sie. Alle schauten sie ratlos an.

„Ja das wissen wir.", sagte Jonah. Filo schien etwas enttäuscht über die Reaktion der anderen, die Offenbar diese Neuigkeit nicht verstanden.

„Zwillinge halten sich nicht an Regeln. Sie stützen sich gleichzeitig und werden deshalb zwar mit einer Prägung geboren, diese muss jedoch nicht ausbrechen. Als Lia zurück gekommen ist, hat sie kurz darauf Aris kennen gelernt. Der, nimm es mir nicht übel Bruder, sehr unnatürlich war. Das muss etwas in dir ausgelöst haben, sodass deine Kraft aktiviert wurde."

Alle sahen sie mit großen Augen an.

„Entweder war ich es oder der Shapewalker.", ergänzte Aris.

„Du hast ja gesagt, dass Zwillinge verbunden sind und sich gegenseitig ausgleichen. Jonah ist in Kontakt mit dem Shapewalker gekommen und hat dadurch vielleicht einen Beschützerinstinkt in Josefine geweckt.", folgerte Aris.

„Warum bist du eigentlich zu dem Shapewalker gegangen?", fragte Josefine Jonah.

„Naja, zuerst war ich nur im Jugendzentrum und habe mit Theo geredet. Ich habe nicht gemerkt, dass er sich verändert hatte. Und dann habe ich irgendwann diese Tabletten von ihm bekommen, damit ich nachts nicht mehr schlafen muss."

„Ach übrigens habe ich gestern eine dieser Tabletten mitgenommen und untersucht. Sie enthält kein Mittel, dass dich wach hält, sondern eines das dich betäubt. Der Shapewalker hat euch alle gefügig gemacht, damit er euch manipulieren konnte. Denn normalerweise kann man jemanden mit einer Prägung nicht manipulieren oder anders beeinflussen. Deswegen hat er mit aller Kraft versucht, deine Prägung zu unterdrücken. Wenn er denn überhaupt gemerkt hat, dass du das warst.", trug Filo selbstbewusst die Erklärung vor.

„Aber ich bin nicht geprägt.", sagte Jonah. „Jose ist diejenige, die mit Pflanzen spielt."

„Moment mal.", Aris schien ein Licht auf zu gehen. „Lia, du hast mir doch erklärt, dass Jonah glaubt euch unruhige Nächte zu bereiten, richtig?"

Lia bestätigte.

„Es gibt eine Prägung, die auf das passen würde. Er ist ein Alp."

„Ein Alp?", wiederholte Jonah. „Das klingt ja lahm."

Filo blätterte im Buch die entsprechende Seite auf: „Ein Alp ist ein Geschöpf, dass nachts schlafende Leute mit Sorgen aufsucht. Er wird von negativen und zweifelhaften Gedanken angezogen. Er setzt sich auf die Brust der mit Sorgen gegrämten Person und erdrückt diese. Ein Alp ist nur aufzuhalten, indem ihm ein Spiegel vorgehalten und er erschreckt wird."

„Na super. Das wollte ich hören. Also dann ist die Sache ja klar. Bevor Jose ihre nächste Klausur schreibt, muss sie sich einen Spiegel neben das Bett legen.", sagte Jonah ernüchtert. „Warum hat sie so etwas Gutes abbekommen und ich quäle Leute?", fragte er genervt.

„Das kannst du leider nicht kontrollieren. Zwillinge gleichen sich gegenseitig aus. Es musste so kommen.", versuchte Filo in zu beruhigen und legte ihm die Hand auf den Rücken.

„Bist du damit einverstanden, Josefine? Denn es muss enden.", fragte Jonah resigniert.

„Natürlich.", sagte Josefine und setzte sich etwas gerader hin. Sie war sich ihrer Aufgabe bewusst.

„Ich muss euch aber auch sagen, dass wenn ihr das wirklich durchziehen wollt, Josefine wahrscheinlich auch ihre Prägung verliert.", bemerkte Filo.

„Dann ist das so.", sagte Josefine und grinste ihren Bruder an.

Lia schaltete sich ein. „Gibt es denn keine andere Lösung? Sodass Josefine ihre Kräfte behalten kann? Es ist doch was gutes, eine Heilerin zu sein."

„Mir fallen spontan nur zwei Lösungen ein.", setzte Filo an. „Entweder, Jonah schläft für immer in einer kleinen Hütte im Wald, wo kein Mensch weit und breit zu sehen ist, oder wir schaffen es irgendwie, euch noch enger zu verbinden, sodass Josefines Kräfte deine außer Kraft setzen."

„Ist das denn möglich?", fragten Josefine und Jonah gleichzeitig.

„Wir können es zumindest versuchen. Aber dafür muss ich erst noch ein paar Zutaten und Sprüche besorgen."

Die Zwillinge sahen sich kurz an.

„Versuchen wir es.", entschied Jonah. Filo lief los, um alles zu besorgen.

Als es zu dämmern anfing, trafen sich alle wieder im Haus.

„Im Grunde müssen wir versuchen, das Gegenteil zu bewirken, wie beim Shapewalker.", überlegte Filo laut. „Aris hat den Shapewalker von Theo getrennt und ihn verbannt. Ich oder eher wir werden nun versuchen, euch enger zusammen zu führen."

Sie beugte sich über das aufgeschlagene Buch und studierte noch einmal den Ablauf. Josefine und Jonah standen ungeduldig nebeneinander und auch Lia wurde etwas nervös.

„Also, da Josefine eine Heilerin ist, werden wir versuchen, möglichst wenig künstliche Sachen zu verwenden. Wir machen also das Licht aus und müssen überall Kerzen hinstellen. Das passt dann auch gut zu Jonah, da er als Alp nur dann unterwegs ist, wenn es dunkel ist und alle schlafen."

Lia löschte das Licht und Aris kam mit Armen voller Kerzen zurück ins Wohnzimmer.

„Das erinnert mich alles an Hexen-Voodookram.", stellte Jonah skeptisch fest.

„Stell' bloß nichts gruseliges mit meiner Seele an.", warnte er Filo. Als das ganze Zimmer nur anhand von Kerzenlicht erfüllt war, schien die Spannung im Zimmer anzuschwellen.

„In Ordnung. Ich habe hier einen Tee für euch beide gemacht, der ein paar Kräuter enthält. Jetzt benötigen wir von jedem von euch noch einen Tropfen Blut, der mit in den Tee muss. Wenn ihr beide von dem Tee trinkt, seit ihr zumindest für eine bestimmte Zeit miteinander verbunden. Wir werden aber versuchen, dass das dauerhaft ist.", fasste Filo zusammen.

„Wie kann es eigentlich sein, dass Jose dich berühren kann und deine Kraft dir nimmt, aber bei mir nicht?", fragte Jonah, nachdem er an dem Tee gerochen hat.

„Das kann ich nicht genau erklären. Ich vermute, weil ihr miteinander verwandt seid. Ich konnte Aris auch immer sehen. Gleiches Blut hat manchmal unterschiedliche Wirkungen auf Prägungen."

Beide reichten Filo ihren Finger. Mit einer kleinen Nadel piekste sie die Zwillinge. Jonah und Josefine verzogen das Gesicht.

„Aris konnte den Shapewalker fortschicken, weil er nicht vollkommen existiert hat. Damit ihr beide zusammen bleibt, brauchen wir also jemanden, der so natürlich ist wie möglich. Ich komme da mit meiner Prägung nicht in Frage. Lia ist die Natürlichste von uns, hat jedoch noch nicht gelernt, wie man einen Spruch anwendet. Aris hat gerade erst seinen Namen bekommen. Wir müssen es einfach versuchen." Filo war anzumerken, dass sie gestresst war. Sie wandte sich an Lia.

„Lia, ich weiß, dass du keine Ahnung davon hast. Du hast aber auch gelernt, deinen Willen zu kontrollieren. Vielleicht steckt mehr in dir, als wir im Moment alle vermuten. Ich zeige euch beiden gleich den Spruch und ihr müsst versuchen, ihn leicht versetzt zu sprechen. Aris, am besten fängst du an. Und Lia, du orientierst dich einfach an ihm. Versucht einfach, euch so sehr auf eure Stimmen zu konzentrieren, dass sie zu einer Einheit werden.", gab Filo letzte Anweisungen. Lia schaute beklommen zu Aris hinauf. Er schien in ihren Augen zu lesen, wie ernst die Sache für sie war. Ohne weitere Erklärungen nahm er ihre Hand in seine.

„Alle mal zuhören jetzt bitte.", rief Filo durch den Raum. Sie hatte den Überblick. „Jonah und Josefine, sobald Lia und Aris anfangen, trinkt ihr den Tee. Immer abwechselnd und immer nur einen Schluck. So lange, bis die Tasse komplett leer ist. Lia und Aris, ihr fangt an, wenn ihr soweit seid. Ich halte euch das Buch hin, damit ihr den Spruch lesen könnt. Am Besten stellt ihr euch gegenüber auf." Alle machten das, was Filo gesagt hatte. Lia und Aris sahen sich den Spruch an.
„Bereit?", fragte Aris mit einem kurzen Seitenblick zu Lia. Diese drückte zur Bestätigung seine Hand.
„Dividere tuorum fata, et nequibant habitare communiter.", begann er.
„Dividere tuorum fata, et nequibant habitare communiter.", setzte Lia leicht versetzt mit ein. Jonah trank den ersten Schluck des Tees und verzog angeekelt das Gesicht. Josefine tat es ihm gleich. Filo warf ungeduldige Blicke im Raum umher, als würde sie auf etwas warten.

Der Sprechgesang von Lia und Aris schwoll immer mehr an. Josefine trank den letzten Schluck und versuchte ein Würgen zu vermeiden. Doch nichts geschah. Lia schaute ebenfalls umher. Sie erwartete Lichtblitze oder ein anderes Zeichen, dass etwas passierte. Hatte es funktioniert?

Noch zwei weitere Male wiederholten Lia und Aris den Spruch, dann ließ Filo das Buch sinken. Die plötzlich eintretende Stille, drückte allen auf den Ohren. Lia ahnte nichts gutes.

„Hat es geklappt? Bin ich geheilt?", wollte Jonah euphorisch wissen.

„Ich denke, es hat nicht geklappt.", gestand Filo. Jonah ließ den Kopf sinken.

„Toll. Und wofür habe ich dann diesen Tee getrunken?" Jonah war verärgert.

„Der Tee hält für ein paar Stunden. Ich kann euch die Kräutermischung zusammen stellen. Vor dem schlafen gehen, müsst ihr wieder einen Tropfen Blut hinzu geben und abwechselnd davon Trinken. So könnt ihr beide zumindest eine ruhige Nacht haben."

„Das ist doch immerhin etwas. Auch wenn er nicht gut schmeckt, kannst du wenigstens wieder schlafen.", sagte Josefine mit beruhigender Geduld in der Stimme zu Jonah. Er nickte niedergeschlagen.

„Warum hat es denn nicht geklappt?", fragte Lia neugierig und enttäuscht zugleich.

„Ich kann nur eine Vermutung anstellen.", begann Filo. „Ich denke, es liegt an vielen Sachen. Zum einen hast du keine Ahnung im Umgang mit Sprüchen und Aris ist vielleicht noch zu schwach."

„Wie kann ich es lernen?", fragte Lia entschlossen.

„Das können wir dir leider nicht beibringen. Dafür müsstest du richtigen Unterricht nehmen, wie bei unseren Eltern. Ich habe ebenfalls Gerüchte gehört, dass es Geprägte gibt, die das Licht in ihrem inneren Tragen. So jemand könnte den Spruch ausführen."

In Jonahs Augen erschien ein Leuchten. „Und kennst du so jemanden?"

„Leider nicht.“, antwortete Filo. Lia sah, wie der letzte Rest Hoffnung in Jonahs Augen verschwand. Es tat ihr weh, ihren Bruder so zu sehen.

„Ich werde die Person finden, die euch helfen kann.“, sagte Lia. Jonah, Josefine, Filo und Aris schauten sie erstaunt an. Einen Moment war sie erschrocken über ihre Entschlossenheit. Doch je länger sie darüber nachdachte, je sicherer wurde sie sich.

„Ich werde es lernen, diese Sprüche zu beherrschen und einen Weg finden.“

„Bist du sicher, dass es für dich nicht etwas zu gefährlich ist? Ich meine, du bist nicht geprägt und es gibt noch ganz andere Kräfte als die von Ikonen, Neryden, Alpen und Heilerinnen.“, äußerte Filo ihre Bedenken.

„Ich komme mit dir!“, sagte Aris sofort ohne zu zögern. Lia lächelte ihm dankbar zu.

„Doch tue mir den Gefallen und schlaf erst noch einmal eine Nacht darüber. So große Entscheidungen sollte man nicht spontan treffen. Du musst dich auch zumindest von deinen Eltern verabschieden“, bat Aris Lia.

„In Ordnung. Eine Nacht. Ich komme dann morgen früh mit dem Auto zu dir und wir machen uns auf den Weg.“, fing Lia an zu planen.

„Kennt ihr denn den Weg? Ihr könnt doch nicht einfach so drauf losfahren“, fragte Josefine vorsichtig.

Einen kurzen Moment schwiegen alle. Dann sagte Filo: „Ich werde schauen, was ich über Nacht noch heraus finden kann.“

Mit den Gedanken schon bei ihrer bevorstehenden Reise machte sich Lia mit den Zwillingen wieder auf den Weg nach Hause. Es herrschte eine ihr zuvor unbekannte Stimmung zwischen ihnen. Es gab nicht die passenden Worte, um über die Neuigkeiten zu sprechen. Doch Worte waren auch nicht nötig. Sie fühlten sich verbündet. Sie teilten ein Geheimnis, dass nur die wenigsten Menschen verstehen würden.

Zu Hause angekommen, saßen ihre Eltern schon am Tisch. Das Abendessen verströmte einen kostbaren Duft.

„Na nu? Ich wusste gar nicht, dass ihr alle zusammen unterwegs wart", bemerkte Lias Mutter freudig. Lia umarmte sie und anschließend ihren Vater. Danach setzten sich alle hin und aßen, bis ihre Bäuche zu platzen drohten.

Lia wusste nicht, wie sie ihren Eltern erzählen sollte, dass sie mit Aris fort ging um ein Heilmittel zu suchen. Sie wollte ihre Eltern nicht beunruhigen. Außerdem würden sie es überhaupt verstehen?

„Ich habe mir überlegt, dass ich Schauspiel an der Universität of Vaughning studieren möchte", platzte sie mit der ersten Lüge heraus, die ihr einfiel. Ihr Vater schaute sie verdutzt an.

„Schauspiel?", fragte er.

„Ja, nun da lernt man, sich selbst zu kontrollieren. Das ist nötig, um in verschiedene Rollen zu schlüpfen."

„Wir stehen bei allen Entscheidungen hinter dir", warf Lias Mutter schnell ein, bevor Lias Vater den Mund öffnete und etwas erwidern konnte. Er nickte.

„Und wann soll es los gehen?"

„Ich würde morgen früh schon fahren.“

„Aber du hast doch dort noch gar kein Zimmer.“, bedachte Lias Mutter.

„Darum kümmere ich mich vor Ort. Ich kann erst einmal bei Leslie unter kommen.“

Lias Eltern lächelten.

„Nun dann“, sagte Lias Vater. „Lass uns anstoßen. Auf
deinen neuen Lebensabschnitt.“

„Auf deinen neuen Lebensabschnitt“, sagte die Familie und das klirren der Gläser war zu hören.

Für immer verbunden

Am nächsten Morgen wurde Lia schon wach, bevor die Sonne auf ging. Es war merkwürdig leise im Haus, wenn alle schliefen. Sie lag einen Moment regungslos da und atmete ruhig. Sie wollte sich richtig entscheiden. Konnte sie ihre Geschwister alleine lassen? Würde sie Aris ausreichend vertrauen, um alleine mit ihm an unbekannte Orte zu fahren? War sie bereit? Die Antwort auf all diese Fragen lautete immer „Ja". Sie war bereit etwas Sinnvolles im Leben zu tun. Ihre Geschwister hatten einander und würden weiter mit Filo in Kontakt bleiben, um die Kräuter nehmen zu können. Und was Aris betraf, musste Lia einfach auf ihr Gefühl hören.

Sie wusste kaum was über ihn, doch ihre Gefühle konnte sie deuten. Unwillkürlich musste sie an Theo denken. Sie hatte ihm versprochen, ihm alles zu erklären. Doch wie sollte man einem unschuldig Beteiligten die Vorkommnisse erklären? Sie würde ihm von unterwegs eine Karte schicken. Bis dahin hatte sie noch etwas Zeit sich zu überlegen, welche Worte sie wählen wollte.

Seit der Explosionsnacht im Park war sich Lia sicher, dass die Theo nicht liebte. Sie hatte den Shapewalker in seinen Augen gesehen. In dem Moment verschwanden all ihre Gefühle und sie empfand nur noch Trauer für Theo. Lia streckte sich in ihrem warmen, weichen Bett. Hier fühlte sie sich meist am wohlsten. Die warme Bettdecke noch auf der Haut fühlend, setzte sie sich hin. Sie wollte kein Licht an machen und den Moment der vollkommenen Ruhe zerstören.

Ihr war bewusst, dass es draußen noch andere Geprägte gab, die ihr eventuell schaden könnten. Doch ihn Kopf schien nicht an die Realität denken zu können. Sie fühlte sich von einer Energie durchströmt, die positiv und aufregend war.

Lia suchte mit den Füßen ihre Pantoffeln, die immer an der gleichen Stelle neben dem Bett standen und stellte sich hin. Sie hörte, wie etwas auf den Boden fiel. Sie hielt einen Moment inne und überlegte. Ihr Handy konnte es nicht sein, das lag auf dem Nachttisch.

„Aris?", flüsterte sie in die Dunkelheit, doch niemand antwortete. Etwas beunruhigt tastete sie mit den Fingern nach dem Schalter ihrer runden Nachttischlampe. Als sich ihre Augen an das Licht gewöhnt hatten, sah sie ein kleines Päckchen vor ihren Füßen liegen.

Es sah aus, wie eine Schachtel, die ihr Vater ihrer Mutter meist zu Weihnachten schenkte. Oftmals war Schmuck enthalten. Lia hob die dunkelblaue Schachtel auf und öffnete sie vorsichtig. Innen war ein Zettel, den sie eilig aufklappte.

Lia,

es tut mir leid, doch ich musste schon ohne dich reisen. Ich hätte dich gerne an meiner Seite gehabt, doch ich habe Angst, dass es zu gefährlich für dich ist. Ich werde jemanden finden, der uns helfen kann. Wenn ich einen sicheren Platz für uns gefunden habe, komme ich dich holen. Ich werde wissen wo du bist. Vergiss' mich bitte nicht.

Aris

Lia schluckte. Sie konnte nicht glauben, dass er ohne sie gegangen war. Ihrer Gefühle unschlüssig schaute sie unter den Zettel in die Schachtel. Tränen der Freude stiegen in ihre Augen. In der Schachtel lag eine Kette. Der Anhänger war ein Kompass. Lia schaute ihn sich genauer an und legte sich die Kette um den Hals. Die Nadel des Kompasses zeigte nicht nach Norden.